The Wonderful Wizard of Oz

綠野仙蹤
The Wonderful Wizard of Oz

L. 法蘭克・包姆 Lyman Frank Baum ——— 著

茱莉亞・薩爾達 Júlia Sardà ——— 圖

謹以本書獻給
我的摯友及好夥伴：
我的妻子

contents

1

龍捲風

　　桃樂絲跟亨利叔叔、愛姆嬸嬸一起住在堪薩斯的大草原上。
亨利叔叔是個農夫，愛姆嬸嬸則是他的太太。他們的房子很小，
因為建造用的木材要用馬車從很遠的地方運過來。屋子是用四面

牆壁和地板、天花板圍成一個房間，屋裡放了一座有些生鏽的爐子、一個裝碗盤的櫥櫃、一張桌子、三四張椅子，還有兩張床。亨利叔叔跟愛姆嬸嬸的大床放在一個角落，桃樂絲的小床則放在另一個角落。屋裡沒有閣樓，也沒有地窖——除了地上挖的一個小洞，叫做龍捲風地窖，萬一颳起強得足以摧毀沿路任何建築物的大旋風時，全家人就可以躲到裡面去。地板中間有一道活門，從那裡沿著梯子走下去，就可以進入那個黑漆漆的小洞中。

站在門口張望時，四面八方除了灰色的大草原，桃樂絲什麼也看不見。不論哪個方向，都沒有任何樹或房子會遮擋住直達天際、寬廣而平坦的鄉間景致。太陽將犁過的田地烤成了一大塊灰色，表面滿布小小的裂痕。就連草都不是綠色的，因為太陽把長葉片的頂端，烤成了到處都看得見的相同灰色。他們住的房子曾經刷過油漆，可是太陽把油漆烤得裂了開來，雨水又將油漆沖刷掉，以致房子如今就跟所有東西一樣，變成了單調的灰色。

愛姆嬸嬸剛搬來這裡住的時候，還是個年輕貌美的妻子，但太陽跟風也讓她變了模樣：帶走了她眼中的光彩，只留下一雙冷淡的灰色瞳眸；也帶走了她臉頰跟雙唇上的紅潤，使得它們也成了灰色。如今的她骨瘦如柴，從不微笑。孤兒桃樂絲初初來到這裡時，愛姆嬸嬸被她的笑聲嚇了一跳。每次只要聽見桃樂絲歡快的笑聲，她就會尖叫，同時把手放在自己的心窩上。現在，她依

然會以驚奇的目光看著這個小女孩，不懂她為什麼還找得到好笑的事情。

　　亨利叔叔從來都不笑。他從早到晚賣力工作，渾然不知什麼叫做快樂。他也是一身灰，從長鬍子到粗靴子都是。他看起來嚴厲又嚴肅，鮮少說話。

　　把桃樂絲逗笑的是托托，他讓她不至於變得跟周遭事物一樣灰撲撲。托托不是灰色的，他是一隻小黑狗，有一身光滑的皮毛，逗趣的小鼻子，還有一雙長在鼻子兩邊、閃爍著快樂神采的黑色小眼睛。托托整天都在玩，桃樂絲也會跟他玩，她非常地愛他。

然而，他們今天沒有在玩。亨利叔叔坐在門階上，焦慮地望著比平常更灰暗的天空。桃樂絲抱著托托站在門口，也同樣盯著天空看。愛姆嬸嬸正在洗碗。

　　他們聽見從遙遠北方傳來風的低鳴，亨利叔叔跟桃樂絲看見長長的草在即將來臨的風暴吹拂下，形成了一陣陣的波浪。這時候，南方傳來了尖銳的呼嘯聲。他們轉動眼睛，看見那個方向的草上也起了陣陣漣漪。

　　亨利叔叔忽然站了起來。

　　「愛姆，有龍捲風要來了，」他對太太說。「我要去照顧那些牲畜。」然後他就往畜養乳牛跟馬的棚子跑去。

　　愛姆嬸嬸拋下手邊的工作，來到門邊。匆匆瞄了一眼，她就知道危險即將來臨。

　　「快，桃樂絲！」她大叫。「快進地窖去！」

　　托托從桃樂絲的懷裡跳出去，躲到了床底下，女孩開始要去抓他。嚇壞的愛姆嬸嬸打開了地板上的活門，沿著梯子往下進入那個陰暗的小洞。桃樂絲總算抓住了托托，要跟嬸嬸一樣爬下去。走到一半，忽然傳來一陣巨大又尖銳的風聲，房子劇烈搖晃，她失去了重心，忽然就跌坐到了地板上。

　　這時，奇怪的事情發生了。

　　屋子旋轉了兩三圈，然後緩緩升到半空中。桃樂絲覺得自己

好像在搭大氣球往上升。

北方與南方的風在屋子的所在地會合，形成了龍捲風的中心。在龍捲風的中心處，氣流大致上是靜止的，但來自四面八方的巨大壓力，卻把屋子抬得越升越高，直到抵達龍捲風的最上方。屋子就這麼待在那兒，被龍捲風托了好遠好遠，就像在移動羽毛般毫不費力。

屋裡黑漆漆的，狂風不停在她身旁呼號，但桃樂絲倒覺得挺自在的。轉了幾圈以後，房子嚴重傾斜了一下，她覺得自己宛如搖籃中的嬰兒，被輕輕搖晃著。

但托托可就不喜歡這樣了。他在屋裡跑來跑去，一下跑到這，一下又跑到那，同時大聲汪汪叫。而桃樂絲反倒安安穩穩坐在地板上，等著要看接下來會發生些什麼。

有一次，托托太靠近打開的活門，跌了進去。一開始，小女孩以為自己失去了他。但她很快就看見他的一隻耳朵伸出了洞口，因為強大的氣壓把托托往上頂，他才沒有掉下去。她爬到洞口，抓住托托的耳朵把他拖回屋裡，然後關上活門，避免意外再度發生。

一個小時又一個小時過去了，桃樂絲慢慢克服了恐懼，但她覺得很孤單，風聲不停在耳邊大聲呼嘯，震得她幾乎快聾了。一開始，她猜想房子墜下時，自己可能會摔得粉碎，但數小時過

去，沒有發生任何可怕的事情，她也就不再擔心，決定要冷靜觀察後續發展。最後，她爬過不斷晃動的地板，爬上了床躺著，托托也跟了過來，趴在她的身旁。

　　儘管房子不停晃動，風聲不停呼嘯，桃樂絲卻閉上眼睛，很快就睡著了。

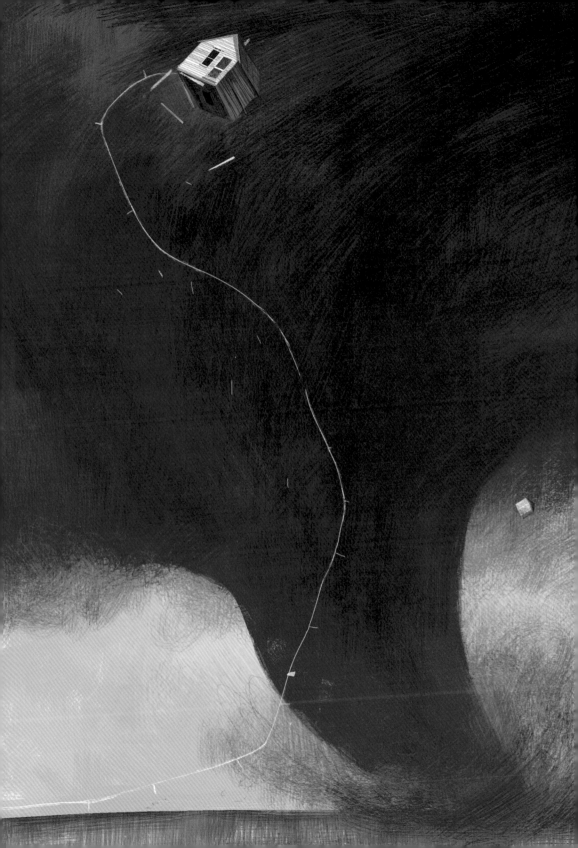

2

會見曼奇金人

　　一場震動喚醒了她。這場震動來得既猛烈又突然，要不是桃樂絲躺在軟綿綿的床上，說不定可能會受傷。震動發生時，桃樂絲嚇得屏住了呼吸，心想發生了什麼事。托托則是把自己冰涼涼的小鼻子湊到她的臉上，發出絕望的嗚咽聲。桃樂絲坐起身，發現房子沒在移動了，屋裡也不再黝黑，明亮的光線從窗外射了進來，灑滿小小的房間。她從床上一躍而起，托托在她腳邊奔跑。她打開了門。

　　小女孩朝四周一看，發出了驚訝的叫聲，眼前的美景讓她的眼睛越張越大。

　　這陣龍捲風非常輕柔地——以龍捲風的力道來說，把房子放在一片美麗非凡的土地上。舉目所及盡是青翠的草皮，高大的樹

木上結滿香甜的水果。處處開滿一簇簇的豔麗花朵，羽毛奇特又鮮豔的鳥兒在草叢及林間翩翩飛舞，宛轉啁啾。不遠處有一條小河，從綠色的兩岸之間奔流而過的河水閃閃發亮。對一個長年生活在乾燥、灰暗大草原上的小女孩來說，河水發出的低語多麼舒暢悅耳啊。

她熱切望著眼前這些奇特美麗的景致。這時候，她注意到有一群生平所見最為古怪的人朝自己走來。他們不像她平常見慣的大人那麼高，但也不是非常矮。事實上，他們差不多跟桃樂絲一般高（以同齡的孩子來說，桃樂絲長得算高的），但從外表來看，他們的年紀卻比她大很多。

其中有三個男人跟一個婦人，打扮都很奇怪。他們戴著三十公分高的圓帽，帽簷掛滿了小小鈴鐺，一移動，鈴鐺就發出美妙的叮噹聲。男人們戴著藍帽，矮小的婦人則戴著白帽。她身上穿了件有許多摺邊的長袍，從肩膀一帶披掛而下。長袍上到處綴飾著閃亮亮的小星星，在陽光照射下，有如鑽石般閃爍不已。男人們穿的衣服跟戴的帽子一樣藍，腳上則是擦得發亮的靴子，靴口的地方反摺了一大塊，同時也是藍色的。桃樂絲心想，這些男人的年紀應該跟亨利叔叔差不多大，因為其中兩個留著鬍子。不過，矮小婦人的年紀肯定比他們還要大。她臉上滿是皺紋，頭髮幾乎全白，而且走路的步伐很僵硬。

桃樂絲就站在門口。那些人本來朝房子走近，中途卻停下腳步，彼此竊竊私語，彷彿不敢再繼續前進。但矮小的老婦人走到了桃樂絲面前，深深一鞠躬後，用甜美的嗓音說：

　　「最尊貴的女法師，歡迎您來到曼奇金人的土地。非常感謝您殺死了東方壞巫婆，讓我們的人民得以恢復自由。」

　　桃樂絲驚訝地聽著這番話。為什麼這位矮小婦人要稱她女法師，而且還說她殺死了東方壞巫婆呢？桃樂絲是個天真無邪的小女孩，從家鄉被一陣龍捲風帶到了好遠好遠的地方，而她這輩子從來也沒殺死過任何東西。

　　但那位矮小婦人顯然希望能聽見她的答覆。於是桃樂絲只好支支吾吾地說：「您太客氣了，不過這中間一定有什麼誤會。我沒有殺死任何東西啊。」

　　「是妳的房子殺的，」矮小的老婦人笑著說，「所以等於是妳殺的。看！」她繼續說，同時指著屋子一角。「她被壓住的兩隻腳，還露在一截木頭的外面呢。」

　　桃樂絲朝她指的方向看，輕輕驚叫了一聲。的確，就在那根撐起房子底部的大木頭一角，有一雙穿著尖頭銀鞋的腳，從裡頭伸了出來。

　　「噢，天啊！噢，天啊！」桃樂絲雙手緊握，沮喪地大叫。「一定是房子掉到她身上了。我們該怎麼辦呢？」

「什麼也不用做啊。」矮小婦人平靜地說。

「可是她是誰啊？」桃樂絲問。

「就像我剛剛說的，她是東方壞巫婆。」矮小婦人回答。「多年以來，她把所有的曼奇金人都當做奴隸，日以繼夜地使喚他們。如今他們總算自由了，也很感激妳幫了他們一個大忙。」

「誰是曼奇金人啊？」桃樂絲問。

「他們是住在東方這塊土地上，被壞巫婆統治的人民。」

「妳也是曼奇金人嗎？」桃樂絲問。

「不是。但我是他們的朋友，雖然我住在北方的土地上。發現東方巫婆死了，曼奇金人很快就派了信差來通知我，我立刻趕了過來。我是北方巫婆。」

「噢，天啊！」桃樂絲大叫。「妳真的是個巫婆嗎？」

「是啊，沒錯。」矮小的婦人回答。「但我是個好巫婆，人民都很愛戴我。我的法力沒有統治這裡的壞巫婆強，不然我就會自己來解救他們了。」

「但我以為所有的巫婆都是壞人。」小女孩說。跟一個真正的巫婆面對面，她還是有些害怕。

「噢，沒有這回事，這是個天大的誤會。奧茲國裡只有四個巫婆，其中，住在北方跟南方的是好巫婆。這件事情我很確定，因為我就是其中一個，不可能弄錯。而住在東方跟西方的，的確

是壞巫婆。可是現在，妳已經殺死了其中一個，奧茲國裡只剩下一個壞巫婆──就是住在西方的巫婆。」

「可是，」桃樂絲想了一下說，「愛姆嬸嬸跟我說，所有的巫婆都在好久以前死光光了。」

「誰是愛姆嬸嬸啊？」矮小的老婦人問。

「是我的嬸嬸，住在堪薩斯，我就是從那裡來的。」

北方巫婆似乎思索了一下，她低垂著頭，兩眼盯著地面。然後，她抬起了頭說：「我不知道堪薩斯在哪裡，我從沒聽過那個國家的名字。可是，告訴我，那裡是個文明國家嗎？」

「噢，是啊。」桃樂絲回答。

「那就對了。我相

信文明的國家都已經沒有巫婆，沒有巫師，沒有女法師或魔法師了。可是，正如妳看到的，奧茲國的文明還不夠進步，我們跟外界完全隔離，所以我們這裡還有巫婆跟巫師。」

「巫師是什麼啊？」桃樂絲問。

「奧茲本人就是個偉大巫師。」巫婆降低了自己的音量，輕聲回答。「他比我們全部加起來都還要強大。他住在翡翠城。」

桃樂絲正想再問另一個問題時，本來站在一旁沒說話的曼奇金人忽然大叫，指著壞巫婆原本躺著的屋角處。

「怎麼了？」矮小的老婦人問，同時往他們指的方向看過去，然後開始哈哈笑。死掉的巫婆雙腳完全消失了，只留下一雙銀鞋。

「她太老了，」北方巫婆解釋說，「在大太陽底下很快就乾掉了。她的人生到此為止了。但那雙銀鞋是妳的了，妳應該把它穿起來。」她彎腰撿起那雙鞋，把灰塵抖掉遞給了桃樂絲。

「東方巫婆對那雙銀鞋很自豪。」其中一名曼奇金人說，「那雙鞋子有魔力，但我們從來都不知道是怎麼樣的魔力。」

桃樂絲把鞋子拿進屋內，放在桌上。然後再次從屋裡走出來，對著曼奇金人說：

「我想趕快回到叔叔嬸嬸的身邊，他們一定很擔心我。你們能不能告訴我，回去的路要怎麼走呢？」

曼奇金人跟巫婆先是彼此互望，接著一起看著桃樂絲，然後搖了搖他們的頭。

「在東方，離這裡不遠的地方，」其中一人說，「有一片大沙漠，沒有人有辦法活著穿越那裡。」

「南方的情況也一樣，」另一個人說，「我到過那邊，親眼看見的。南方是奎德林人的土地。」

「我聽說，」第三個男人說，「西方的情況也一樣。溫基人住在那邊，統治他們的人是西方壞巫婆。只要行經那邊，她就會把你抓去當奴隸。」

「北方是我的家鄉，」那位老女士說，「那裡的邊境同樣也是這個環繞著奧茲國的大沙漠。親愛的，恐怕妳得留下來跟我們一起生活了。」

聽完他們的話，桃樂絲開始啜泣，和這些奇怪的人在一起，她覺得很孤單。而她的眼淚似乎也讓好心的曼奇金人傷心起來了，他們立刻拿出手帕，也開始跟著哭泣。這時候，只見那個矮小老婦人摘下帽子，把帽尖頂在鼻尖上，一本正經地數著「一，二，三」。帽子立刻變成一塊習字石板，上頭有著用白色粉筆寫成的大字：

「讓桃樂絲到翡翠城去。」

矮小的老婦人把石板從鼻子上拿下來，讀了上面的字，然後

問：「親愛的，妳的名字是桃樂絲嗎？」

「對。」小女孩抬起頭說，擦掉了眼淚。

「那麼妳一定要去翡翠城。或許奧茲會幫妳。」

「翡翠城在哪裡？」桃樂絲問。

「就在這個國家的正中央，統治那裡的人，就是我剛剛跟妳提過的偉大巫師奧茲。」

「他是好人嗎？」女孩緊張地問。

「他是一個善良的巫師。不過我不知道他是男是女，因為我從來都沒有見過他。」

「那裡要怎麼去呢？」桃樂絲問。

「妳得要用走的。這是一段漫長的旅程，一路上可能會經過美好或黑暗恐怖的地方。不過，我會施展自己所知的所有魔法來保護妳。」

「妳能陪我一起去嗎？」女孩懇求說。她已經把矮小的老婦人當成自己唯一的朋友了。

「不，我沒辦法陪妳走這一趟路。」她回答說，「可是我會親妳一下，沒有人敢傷害北方巫婆親過的人。」

她靠近桃樂絲，在額頭上輕輕吻了她一下。桃樂絲很快就發現，被親吻過的地方，留下了一個發亮的圓形印記。

「通往翡翠城的道路是用黃磚鋪成的，」那個巫婆說，「妳

絕對不會走錯。見到奧茲不用怕，把妳的故事跟他說，然後請他幫妳的忙。親愛的，再見。」

三個曼奇金人朝她深深一鞠躬，祝她旅途愉快，然後就穿過林子走了。巫婆和善地朝桃樂絲微微點了點頭，用左腳跟轉了三圈，接著身影立刻消失。小狗托托嚇了一大跳，在巫婆消失以後大聲狂吠，之前巫婆站在一旁時，他可是一聲都不敢吭。

而桃樂絲知道她是個巫婆，早就料到她會用這種方式消失，因此毫不驚訝。

3
桃樂絲解救稻草人

剩下桃樂絲一個人時，她開始覺得飢腸轆轆。於是她走到櫥櫃旁切了些麵包，塗上奶油。把一些麵包分給托托，然後從架上拿了水桶，提到小河邊裝滿清澈發亮的河水。托托跑到樹木旁，對著樹枝上的鳥兒汪汪叫。桃樂絲過去抓他時，看見樹枝上結著可口的水果，就摘了一些剛好當早餐。

接著她走回屋裡，讓自己跟托托都暢飲了一些清涼乾淨的河水，然後開始為翡翠城的旅途做準備。

桃樂絲只有一件衣服可替換，幸好已經洗乾淨，掛在床邊的鉤子上。那是一件藍白格紋的衣服，經過多次清洗，藍色有些褪色，但仍是件漂亮的連身裙。小女孩仔細梳洗後，穿上乾淨的格紋衣服，戴上粉紅色遮陽帽綁緊。她拿了一個小籃子，把它裝滿

從櫥櫃拿的麵包，再用一塊布把麵包蓋起來。接著她低下頭，發現自己腳上的鞋子又破又舊。

「這雙鞋子肯定禁不起長途旅行的，托托。」她說。托托抬起頭，用一雙小黑眼睛看著她的臉，搖搖尾巴表示他懂。

這時，桃樂絲看見擺在桌上，原本屬於東方巫婆的銀鞋。

「不知道這雙鞋合不合我的腳。」她對著托托說。「這種鞋磨不壞，剛好適合用來走遠路。」

她脫下自己老舊的皮鞋，把腳套進銀鞋裡，大小居然剛好，彷彿量身訂做的一樣。

她終於提起自己的籃子。

「走吧，托托。」她說。「我們要去翡翠城，問問偉大的奧茲要怎麼樣才能回到堪薩斯。」

她關上門，上了鎖，小心翼翼把鑰匙放進衣服口袋裡。就這樣，托托乖乖地跟在後面小跑，桃樂絲踏上了旅途。

附近有很多條路，但她不久就找到了鋪有黃磚的那條。不一會兒，她就生氣勃勃地朝著翡翠城走去。銀鞋踩在堅硬的黃磚路上，發出悅耳的喀噠聲。陽光明亮，鳥兒甜美地歌唱。也許你會以為，一個小女孩突然被龍捲風帶走，遠離故鄉，在異地落腳，可能會很難過，但桃樂絲一點也不覺得。

她走著走著，看見四周景色如此美麗，不禁感到詫異。道路

兩旁整齊成排的柵欄，全都漆上了優雅的藍色，柵欄後面的田地種著大面積的穀物跟蔬菜。顯然曼奇金人是優秀的農夫，能夠種出大量作物。每隔一段距離，她就會經過一間房子。房裡的人會走出來看她，並在她經過時深深鞠躬。因為每個人都知道，就是她消滅了壞巫婆，讓他們得以重獲自由。曼奇金人的房子長得很古怪，每一間都是圓形的，還有個巨大的圓屋頂。而且都漆成了藍色，因為在這個東方國家中，藍色是大家最喜愛的顏色。

接近傍晚時，走了長長一段路的桃樂絲覺得很累，心想今晚不知道要住在哪裡。這時，她的面前出現了一間房子，比其他間都要大。房子前面有一片綠色草地，許多男男女女都在跳舞。五個矮矮的小提琴手正在大聲演奏樂曲，人們大聲歡笑、歌唱，一旁的大桌上擺滿了美味的水果、堅果、餡餅跟蛋糕，還有各式各樣好吃的東西。

人們和善地跟桃樂絲打招呼，邀請她來吃晚餐，跟他們一起過夜。這裡是一位曼奇金大富豪的家，朋友們來到此地跟他齊聚一堂，共同慶祝擺脫壞巫婆的統治，重獲自由。

桃樂絲吃了一頓豐盛的晚餐，服務她的人正是那位曼奇金富豪，名字叫波克。吃飽以後，她坐在一張有靠背的長椅上，看著人們跳舞。

看到她的銀鞋時，波克說：「妳一定是個偉大的女法師。」

「為什麼呢？」女孩問。

「因為妳穿著銀鞋，還殺死了壞巫婆。而且啊，妳穿的連身裙有白色，只有巫婆跟女法師會穿白色的衣服。」

「我衣服上的花樣是藍色和白色的格紋。」桃樂絲說，同時撫平衣服上的皺褶。

「妳穿這樣真是貼心。」波克說。「藍色是曼奇金人最愛的顏色，白色是巫婆的顏色。我們一看就知道妳是個友善的巫婆。」

桃樂絲不知道要怎麼回應，因為好像所有的人都以為她是個巫婆，而她非常清楚自己只是個普通小女孩，偶然碰上一團龍捲風，才會來到這個奇特的國度。

看人跳舞看累了，波克便帶她進屋，準備好的房間裡擺了張漂亮的床。床單也是藍色的布料，桃樂絲躺在床上熟睡到天亮，托托則蜷縮在她床邊的藍色地毯上。

桃樂絲吃完一頓豐盛的早餐，看到一個曼奇金小嬰兒在跟托托玩，他拉著狗尾巴又叫又笑，桃樂絲覺得非常有趣。所有的人都對托托很好奇，因為他們從沒看過狗。

「翡翠城還有多遠啊？」女孩問。

「我不知道，」波克嚴肅地回答，「我從來沒去過那裡。除非有事情要找奧茲，否則最好離他越遠越好。前往翡翠城的路途

漫長，得走上好幾天。我們這裡富足宜人，但在妳抵達旅程的終點前，勢必會經過許多艱困又危險的地方。」

這番話讓桃樂絲小小擔心了一下，但她知道只有偉大的奧茲能讓她重返堪薩斯，所以她勇敢地決定不走回頭路。

她跟朋友們道別，再次沿著黃磚路前進。走了好幾哩路以後，她想停下來休息，便爬到路旁的籬笆上坐下來。籬笆後方是一大片玉米田，她看到不遠處有個稻草人高高掛在竹竿上，用來嚇阻鳥兒飛來吃成熟的玉米。

桃樂絲用手撐住自己下巴，若有所思地盯著稻草人。他的頭部是個裝了稻草的小袋子，上面畫了象徵人臉的眼睛、鼻子跟嘴巴。一頂曾屬於某個曼奇金人的老舊藍尖帽放在他的頭上，身上則穿著一套破舊褪色的藍色衣物，同樣也塞滿了稻草。腳上有一雙上部反摺的藍色舊靴子，跟這個國家每個男人穿的一樣。比玉米桿還高的竿子塞進稻草人的背部，撐起了他的身體。

桃樂絲專注看著稻草人用畫的那張古怪臉蛋時，驚訝地發現有隻眼睛對她慢慢眨了眨。一開始，她以為一定是自己看錯，因為堪薩斯的稻草人從來都沒眨過眼，但就在這個時候，眼前的稻草人又對她和善地點了點頭。於是她從籬笆上下來，朝稻草人走過去，托托則繞著竿子又跑又叫。

「日安。」稻草人用相當粗啞的聲音說。

「你剛剛說話了嗎？」女孩驚訝地問。

「沒錯。」稻草人回答。「妳好嗎？」

「我很好，謝謝你。」桃樂絲禮貌地回答。「你好嗎？」

「不大舒服，」稻草人微笑著說，「一天到晚掛在這裡趕烏鴉，真的很無聊。」

「你不能下來嗎？」桃樂絲問。

「沒辦法，這根竹竿卡住了我的背。如果妳能夠幫我離開這根竹竿，我會感激不盡。」

桃樂絲往上伸長雙手，把稻草人從竹竿上拿下來。他全身都是稻草，相當輕。

「非常感謝。」稻草人被放到地上後說，「我覺得好像重生了。」

桃樂絲對眼前的景象困惑不已，稻草人竟然能說話，還能對她鞠躬，走在她身旁，多麼奇怪啊。

「妳是誰啊？」稻草人伸懶腰打呵欠，同時問道。「要去哪裡呢？」

「我叫桃樂絲，」女孩說，「我要去翡翠城，請偉大的奧茲把我送回堪薩斯。」

「翡翠城在哪裡啊？」他問。「誰又是奧茲？」

「什麼，你居然不知道？」她驚訝地回問。

「的確不知道。我什麼都不知道。妳看，我全身都是稻草，一點腦子也沒有。」他難過地回答。

「噢，」桃樂絲說，「真是太可憐了。」

「妳覺得，」他問，「如果我跟妳一起去翡翠城，奧茲會給我一些腦子嗎？」

「我也不知道，」她回答，「但如果你願意，可以跟我一起走。就算奧茲不給你大腦，你也不會有什麼損失。」

「這倒是。」稻草人說，「妳看喔，」他繼續自信滿滿地說：「我覺得雙腿、雙手跟身體塞滿稻草沒什麼不好，因為這樣我就不會受傷。就算有人踩我的腳或用針刺我的身體，都沒關係，因為我不會有感覺。但我不想聽到別人叫我傻瓜，如果我的頭繼續裝滿稻草，而不是跟妳一樣有腦子的話，我怎麼可能明白任何事情呢？」

「我了解你的感受。」真心為他難過的小女孩說，「如果你跟我走，我會請奧茲盡力幫你。」

「謝謝妳。」稻草人感激地回答。

他們走回道路上。桃樂絲幫忙他跨過籬笆，兩人一起沿著黃磚路前往翡翠城。

一開始，托托不喜歡這個新夥伴。他在稻草人身上嗅啊嗅的，好像懷疑他身上的稻草裡可能藏了一窩老鼠，還不時對著稻

草人不友善地咆哮。

「不用管托托，」桃樂絲對著新朋友說。「他不會咬人。」

「喔，我不怕。」稻草人回答。「稻草不怕被咬。請讓我幫妳提那個籃子吧。我沒關係，因為我不會累。跟妳說個祕密，」他邊走邊說：「在這個世界上，我只怕一種東西。」

「你怕什麼啊？」桃樂絲問，「是那個把你做出來的曼奇金農夫嗎？」

「不是，」稻草人回答，「我怕點燃的火柴。」

4

穿過森林的道路

　　幾個小時以後，道路開始變得崎嶇不平，也越來越難走，稻草人經常在凹凸不平的黃磚上跌倒。有時候，磚塊根本就破損或消失不見，只留下一個個坑洞，托托只好跳過去，桃樂絲則是繞道。但沒有腦子的稻草人都直線前進，經常踩進坑洞裡，整個人就跌在堅硬的磚塊上。不過他從沒因此受傷，而且當桃樂絲把他扶起來讓他站穩時，他還會打趣自己出的糗，和桃樂絲一起開懷大笑。

　　這裡的農田不像先前經過的那些照顧良好。房子跟果樹也比較少，他們越往前走，路上的景色就變得更淒涼寂寥。

　　中午時分，他們坐在路邊一條小河附近，桃樂絲打開籃子，拿出一些麵包。她拿了一片給稻草人，但他婉拒了。

「我從來都不會餓。」他說，「也幸好我不會餓，因為我的嘴是畫上去的，如果要吃東西，就得割開一個洞，但這樣一來，我裡面的稻草就會掉出來，頭就會變形。」

桃樂絲立刻明白他說得沒錯，所以只點了點頭，繼續吃麵包。

「跟我說說妳自己，還有妳的家鄉吧。」她吃完午餐以後，稻草人說。於是她把跟堪薩斯有關的一切，全都告訴了稻草人，也提到那裡的一切有多灰暗，龍捲風又是怎麼把她帶到這個奇怪的奧茲國。

稻草人專心聆聽她所說的話，然後說：「我不懂妳為什麼想離開這個美麗的國家，回到那個無聊又灰暗、妳稱之為堪薩斯的地方。」

「那是因為你沒有腦子。」小女孩回答。「不管我們的家有多灰暗單調，就算其他地方再漂亮，我們還是寧可住在自己的家鄉。沒有任何地方比得上家。」

稻草人嘆了一口氣。

「我當然沒有辦法理解，」他說。「如果你們跟我一樣，腦袋裡裝滿稻草，很可能就會住到漂亮的國度去，到時候堪薩斯就沒人住了。幸好你們都有腦子，堪薩斯真幸運。」

「既然我們在休息，你何不講個故事給我聽？」女孩問。

稻草人用責備的眼神看著她，然後回答：

　　「我前天才被做出來，人生才剛開始，真的什麼都不知道。所以之前世界發生過什麼事，我完全一無所知。幸好農夫在做頭的時候，有先幫我畫上耳朵，所以我聽得見接下來發生的事情。他身旁還有另一個曼奇金人，我聽到的第一句話，是那個農夫說：『你覺得這對耳朵畫得怎麼樣？』

　　「『有點歪。』另一個人回答。

　　「『沒差啦，』農夫說。『有像耳朵就好。』的確沒錯。

　　「『我現在要來畫眼睛了。』農夫說。於是他開始畫我的右眼。一完成，我就發現自己十分好奇地看著他以及我周遭的事物，因為這是我第一次看這個世界。

　　「『這隻眼睛真漂亮。』看著農夫的那個曼奇金人說。『藍色很適合用來畫眼睛。』

　　「『我想要把另一隻眼睛畫大一點。』農夫說。第二隻眼睛畫完以後，我看得更清楚了。然後他就畫了我的鼻子跟嘴巴。但我沒說話，因為當時我還不知道嘴巴的功用。我開心地看著他們製作我的身體、雙臂跟雙腿。最後，他們終於固定住我的頭，我覺得非常驕傲，因為我心想，這下我就跟其他人一樣了。

　　「『很快就可以用這個傢伙來嚇烏鴉了。』農夫說。『他看起來就跟真人一樣。』

「『當然，他就是個人啊。』另一個人說，我很贊同他的說法。農夫把我夾在腋下帶到玉米田去，然後把我高高固定在長竹竿上，就是妳發現我的那個地方。他跟朋友很快就離開了，留下我一個人在那邊。

　　「我不喜歡就這樣被人拋下。所以我試著要跟在他們後面。但我的腳碰不到地面，只好被迫留在竹竿上。我過著孤單的生活，因為我才剛被做出來不久，沒什麼事情可以想。許多烏鴉跟其他鳥兒飛進玉米田裡，但牠們一看到我就飛走了，因為牠們以為我是個活生生的曼奇金人。這件事情讓我很開心，我覺得自己是個重要人物。後來，一隻老烏鴉飛靠近，仔細打量我以後，停在我的肩膀上說：

　　「『沒想到農夫以為用這種笨方法騙得了我。任何有腦袋的烏鴉都看得出來，你的身體裡除了稻草，什麼也沒有。』說完牠就跳到我的腳邊，隨心所欲吃玉米。其他鳥兒看見我沒傷害牠，也飛過來吃玉米，不出一會兒，我身邊就圍了一大群鳥兒。

　　「這件事情讓我很難過，因為那表示我不是個優秀的稻草人。但老烏鴉安慰我說：『要是你有大腦，會跟任何人一樣好，甚至比某些人更優秀。不管對烏鴉還是人都一樣，這個世界上最重要的就是腦子。』

　　「烏鴉都走了以後，我把這句話想了又想，決定要盡全力去

獲得一些腦子。很幸運地，妳出現了，把我從竿子上救下來，而從妳說的話來看，我很確定只要我們一抵達翡翠城，偉大的奧茲就會把腦子賜給我。」

「希望是這樣。」桃樂絲真心地說，「因為你似乎非常渴望擁有腦子。」

「喔，沒錯，我很渴望。」稻草人回答。「知道自己是個傻瓜的感覺很不舒服。」

「好，那我們走吧。」女孩說，然後把籃子交給了稻草人。

現在，道路兩旁完全沒有籬笆了，土地上雜草叢生完全沒開墾。到了傍晚，他們來到一座大森林，高大樹木的樹枝在黃磚路上方交錯。樹下幾乎一片黑暗，因為樹枝把陽光都擋住了。可是這群旅人沒有停下腳步，仍然繼續走進森林。

「如果這條路通往森林裡，就一定有路可以出森林。」稻草人說。「既然翡翠城在路的另一頭，那麼不管道路通向哪裡，我們都要繼續走下去。」

「這誰都知道。」桃樂絲說。

「當然，所以我才會知道啊。」稻草人回答，「如果需要用腦子才會知道，那我永遠不可能說出這句話。」

大約過了一小時以後，光線都不見了，他們發現自己在黑暗中跌跌撞撞前行。桃樂絲什麼也看不見，但托托就可以，有些狗

在黑暗中可以看得很清楚，而稻草人則聲稱自己的視力就跟白天一樣好。因此桃樂絲抓住他的手臂，跟著稻草人往前走。

「要是你有看見任何房子或可以過夜的地方，」她說，「一定要告訴我。因為我很不喜歡摸黑走路。」

稻草人很快停了下來。

「我看到右邊有一間小屋，」他說，「用木頭和樹枝蓋的。我們要過去嗎？」

「當然要。」女孩回答。「我累壞了。」

於是稻草人帶著她穿過樹林，來到小屋旁。桃樂絲走進去，發現小屋一角擺了張枯葉鋪成的床。她立刻躺了上去，托托也躺到身旁以後，她很快就沉沉睡去。從不疲倦的稻草人則站在另一個角落，耐心等待天光亮起。

5
搭救錫樵夫

桃樂絲醒來時，陽光已經從枝椏之間灑落，托托早就跑出門，追逐著身旁的鳥兒和松鼠。她坐起身，看了看周遭。稻草人依然耐心地站在角落，等桃樂絲起床。

「我們得出門去找水。」她對他說。

「為什麼妳想要找水？」他問。

「因為走過塵土飛揚的道路，我得洗洗臉，還要喝些水，不然乾乾的麵包會卡在喉嚨裡。」

「有血有肉的身體一定很不方便。」稻草人若有所思地說，「你們得要睡覺，吃飯，喝水。可是你們有腦袋，為了能夠好好思考，再辛苦也值得。」

他們離開小屋，穿過樹林，直到發現一座小清泉，桃樂絲就

在那兒喝水、洗澡、吃早餐。她看見籃子裡的麵包所剩不多，不禁慶幸稻草人不用吃東西，因為那勉強只夠她跟托托當天吃。

吃完餐點，正要走回黃磚路時，桃樂絲驚訝地發現，身旁傳來低沉的呻吟聲。

「那是什麼聲音啊？」她害怕地問。

「我想不出來，」稻草人回答，「但我們可以過去看看。」

就在這個時候，他們又聽到了一聲呻吟，似乎是從背後傳來的。他們轉身，才在樹林裡走了幾步路，桃樂絲就看到樹林之間有東西在陽光下閃爍。她往那個方向跑過去，很快就停下腳步，發出小小的驚叫聲。

有一棵大樹被砍穿了一部分，旁邊站著一個高舉斧頭、全身用錫鑄成的人。他的頭和手腳都連著身體，卻動也不動地站著，好像完全無法活動。

桃樂絲詫異地看著他，稻草人也是，托托則兇猛地吠叫，還衝上去咬了那雙錫腳，反而傷到自己的牙。

「剛剛發出呻吟的人是你嗎？」桃樂絲問。

「對，」錫人回答，「是我。我已經呻吟了一年多，都沒有人聽見，也沒有人來幫我。」

「我該怎麼幫你？」桃樂絲溫柔地問，因為她被這個人哀傷的語調打動了。

「拿個油罐幫我的關節上油。」他回答。「我的關節生鏽得太嚴重，所以我完全沒辦法動。只要加上足夠的潤滑油，我應該很快就會沒事了。妳可以在我那間小屋的架子上找到油罐。」

桃樂絲立刻跑回小屋，找

到油罐，然後跑回去焦急地問：「你的關節在哪裡？」

「先幫我的脖子上油。」錫樵夫回答，於是她就上了油。那裡鏽得很厲害，所以稻草人抓住他的頭往左右輕輕轉動，直到頸部能自由活動，接著錫人就能自己轉動了。

「現在幫手臂的關節上油。」他說。桃樂絲一樣照做，稻草人則小心地幫忙彎一彎，直到兩隻生鏽手臂都跟新的一樣活動自如。

錫樵夫滿意地吐了一口氣，放下斧頭把它靠在樹上。

「實在太舒服了。」他說。「自從生鏽以後，我就一直舉著那把斧頭，真高興終於能把它放下來。現在，如果妳能幫我把雙腳的關節上油，我應該就能跟以前一樣自由活動了。」

於是他們幫他的雙腿上了油，直到他能自在移動兩腳。他一次又一次感謝他們搭救，非常禮貌地真心誠意感謝他們。

「要不是你們的話，我說不定得永遠站在那裡了。」他說，「你們真的救了我一命。不過，你們怎麼會來到這裡啊？」

「我們要去翡翠城見偉大的奧茲。」她回答，「昨晚我們在你的小屋裡過夜。」

「你們為什麼想見奧茲呢？」他問。

「我希望他送我回堪薩斯，稻草人希望能幫他裝上一點腦子。」她回答。

錫樵夫似乎沉思了一會兒。然後他說：

「妳覺得奧茲會給我一顆心嗎？」

「當然，我想應該沒問題吧。」桃樂絲回答。「那就跟給稻草人腦子一樣簡單。」

「的確。」錫樵夫回答。「那麼，如果我也加入你們，就可以去翡翠城請奧茲幫我吧。」

「一起走吧。」稻草人熱情地說，桃樂絲也說很高興多他這個旅伴。於是錫樵夫把斧頭扛到肩上，三人一道穿過森林，走回鋪著黃磚的道路上。

錫樵夫請桃樂絲把油罐放在籃子裡。「因為，」他說，「如果我被雨水淋到又生鏽的話，就會很需要那個油罐。」

幸好有這個新夥伴加入，因為再次踏上旅途後不久，他們就碰到一個長滿樹木的地方，眼前的道路被層層枝幹擋住，讓他們沒辦法通過。可是錫樵夫立刻拿著斧頭上工，三兩下就劈出一條大家都能通過的路徑。

繼續前進時，桃樂絲很認真地在想事情，沒發現稻草人踩到坑洞，滾到了路旁。稻草人只好大聲叫她扶自己起來。

「你為什麼不繞過坑洞走呢？」錫樵夫問。

「因為我知道的事情不夠多啊。」稻草人開心地回答。「你知道的，我的頭都是稻草，所以才要去請奧茲給我一些腦子。」

「喔，我懂了。」錫樵夫說。「不過話說回來，腦子並不是世界上最棒的東西。」

　　「你有腦子嗎？」稻草人問。

　　「沒有，我頭裡空空的。」樵夫回答，「但我曾經有過腦子，也有過一顆心。而兩種都用過以後，我更希望擁有一顆心。」

　　「為什麼呢？」稻草人問。

　　「我來說說我的故事，這樣你們就會懂了。」

　　於是，他們一邊穿越森林，一邊聽錫樵夫說出他的故事。

　　「我父親是個樵夫，在森林裡伐木賣錢維生。長大以後我也成了樵夫。父親死後，我獨力照顧老母親直到她過世。後來，我下定決心不再獨自生活，我要結婚，這樣才不會孤單寂寞。

　　「有個曼奇金女孩長得很漂亮，我很快就全心全意愛上了她。她答應我，只要能賺夠錢為她蓋一間更好的房子，就願意嫁給我，於是我賣力工作。但那個女孩跟一個老婦人一起住，而老婦人不想把她嫁給任何人，因為老婦人很懶惰，希望女孩能一直留在身邊幫她煮飯、做家務。所以老婦人就去找了東方壞巫婆，承諾說如果能阻止這場婚姻，她就會獻上兩隻羊跟一頭乳牛。於是，壞巫婆就在我的斧頭上作法。有一天，我急著想盡早得到新房子跟太太，在林子裡賣力砍樹，但手中的斧頭忽然滑掉，切斷

了我的左腳。

「一開始，我覺得完蛋了，因為我知道，只有一條腿的人沒辦法當個好樵夫。於是我去找錫匠，請他幫我做一條錫腿。習慣以後，這條腿變得很好用。但我的行為激怒了東方壞巫婆，因為她答應老婦人，不會讓我娶走那個漂亮的曼奇金女孩。開始砍樹以後，我的斧頭又滑掉，砍斷了我的右腳。我又去找錫匠，他又幫我做了一條錫腿。在這之後，被施法的斧頭逐一砍斷了我的雙手，但沒什麼好氣餒的，我用一雙錫手來取代。後來壞巫婆讓斧頭滑掉，砍斷了我的頭，本來我想說沒救了。但錫匠剛好來找我，就幫我做了一個錫頭。

「當時，我以為自己擊敗了壞巫婆，於是比往日更埋首工作，但我完全不知道自己的敵人有多殘忍。她想出了一個新的辦法，來斬斷我對那位曼奇金小姐的愛意。我的斧頭又一次滑掉，切穿了我的身體，把我變成了兩半。錫匠又來幫我，做了一個錫身體，然後把我的錫手、錫腳、錫頭都用關節接上去，我又可以跟以前一樣自在活動。可是，天啊！我現在沒有心了，所以我失去了對那個女孩所有的愛，也不在乎自己還要不要娶她。我猜啊，她現在應該還跟那個老婦人住在一塊，等著我去找她。

「我很自豪自己有副在太陽底下閃閃發亮的身軀，而且再也不用擔心斧頭滑掉，因為斧頭已經傷害不了我。危險只有一個

——就是我的關節會生鏽，但我把一個油罐放在小屋裡，只要有需要就幫自己上油。然而有一天，我忘記做這件事了，剛好那天又下大雨，還沒想到自己大難臨頭，我的關節已經生鏽了，我一直這樣孤單地站在樹林裡，直到你們來幫我。這樣的經歷非常可怕，但在站住不動的這一年裡，我有了思考的時間，認清了自己最大的損失就是失去了心。戀愛的時候我是世界上最快樂的人，可是沒有心的人沒辦法去愛，所以我決定要請求奧茲給我一顆心。如果他給了我，我就回去娶那個曼奇金小姐。」

桃樂絲跟稻草人都對錫樵夫的故事非常著迷，現在他們也知道了，為什麼錫樵夫這麼急著想得到一顆新的心。

「我的想法沒變。」稻草人說，「我還是會要他給我一些腦子，而不是一顆心。因為傻子就算擁有了心，也不知道那顆心有什麼用。」

「我會選擇一顆心。」錫樵夫回答，「因為腦子不會讓人快樂，而快樂是世界上最棒的東西。」

桃樂絲什麼也沒說，因為她不知道兩個朋友誰說的對。她只要能回堪薩斯，回到愛姆嬸嬸身旁就好，不管樵夫有沒有腦子或稻草人有沒有心，或兩人全都得到自己想要的東西，都不是什麼大不了的事。

她最擔心的，是麵包快要吃完了，籃子裡的麵包只夠她跟

托托再吃一餐就空了。她很確定樵夫跟稻草人都用不著吃任何東西，可是她既不是錫也不是稻草做的，沒吃東西就活不下去。

6

膽小的獅子

走了好一陣子，桃樂絲跟夥伴們仍在穿越濃密的樹林。路面依然鋪著黃磚，但大多被落下的枯枝枯葉覆蓋，不是很好走。

這一帶的森林鳥兒很少，因為鳥兒喜愛陽光充足的開闊空間。但樹林間不時傳來潛藏野獸的低沉咆哮。這些咆哮聲讓小女孩心跳加速，因為她不知道是什麼動物發出這些吼聲。可是托托知道，所以他挨著桃樂絲走，根本不敢汪汪叫回去。

「我們還要多久才能走出森林啊？」女孩問錫樵夫。

「我也不知道。」錫樵夫回答。「我從來沒去過翡翠城。不過在我小的時候，我父親去過一次，他說那段旅程很漫長，要穿過危險的區域，但奧茲住的翡翠城附近，風景很漂亮。只要有油罐，我什麼都不怕；也沒有東西傷害得了稻草人；而妳的額頭上

有好巫婆的吻痕，可以保護妳不會受傷。」

「可是還有托托啊！」女孩緊張地說。「有什麼能保護他呢？」

「如果他遇到危險，我們一定會保護他。」錫樵夫回答。

就在他說話的時候，森林裡傳來一聲可怕的吼叫，一隻大獅子跳到了路上。一掌就把稻草人打倒滾向路邊，又用銳利爪子攻擊錫樵夫。但出乎獅子的意料，爪子沒有在錫皮上留下任何損傷，雖然樵夫躺在路上動也不動。

現在，小托托獨自面對敵人，他吠叫著衝向獅子，巨大的野獸張開嘴要咬小狗。這時候，害怕托托喪命的桃樂絲不顧危險，衝向前盡全力往獅子的鼻子拍打，同時大喊：

「你休想咬托托！像你這麼大隻的野獸，居然想咬一隻可憐兮兮的小狗，真是不要臉！」

「我沒有咬他啊。」獅子說著，用腳掌揉了揉剛剛被桃樂絲打的鼻子。

「沒錯，但你有這個打算。」她反駁獅子。「你只是個塊頭大的膽小鬼。」

「我知道。」獅子慚愧地低下頭說。「我一直都知道。可是我又能怎麼辦呢？」

「我可不知道。話說回來，你居然還攻擊了一個全身塞滿稻

草的人，可憐的稻草人！」

「他全身塞滿稻草嗎？」獅子驚訝
地問，並看著桃樂絲扶起稻草人站
穩，還拍了拍他讓他恢復原本
的形狀。

「他當然塞滿了稻草啊。」仍在生氣的桃樂絲回答。

「難怪他這麼容易摔倒。」獅子說。「看他滾成那樣，我也嚇了一跳。另一個人也塞滿了稻草嗎？」

「才不是，」桃樂絲說，「他是錫做的。」然後去幫樵夫站起來。

「難怪他差點就把我的爪子弄鈍了。」獅子說。「抓到錫皮的那一瞬間，我的背打了個冷顫。妳很寵愛的那隻小動物又是什麼呢？」

「他是我養的狗，名字叫托托。」桃樂絲回答。

「他也是用錫或稻草做的嗎？」獅子問。

「都不是。他是……是……是肉做的。」女孩說。

「噢！他真是隻奇妙的動物，現在仔細一瞧，我才發現他小得出奇啊。沒有人會想去咬這種小東西，只除了我這個膽小鬼。」獅子難過地繼續說。

「你怎麼會這麼膽小呢？」桃樂絲疑惑地看著眼前的大野獸，他的身形跟一匹小馬一樣大。

「這是個謎。」獅子回答。「我猜是天生的吧。森林裡其他動物都認為我應該很勇敢，因為獅子在所有地方都被當成萬獸之王。我發現只要大聲吼叫，任何動物都會嚇得逃開。每次遇到人，我都怕得要死，但只要我一吼，他就會用最快的速度逃走。

要是大象、老虎、熊想要跟我打，我一定會自己先逃——因為我是個膽小鬼。但牠們一聽見我吼叫，都會想趕快跑走，而我當然會讓牠們離開。」

「但這樣不對啊。萬獸之王怎麼可以是膽小鬼呢。」稻草人說。

「我也知道啊。」獅子回答，同時用尾巴尖端擦掉一滴眼淚。「這件事情讓我好難過，我活得很不開心。但只要一遇到危險，我的心臟就會跳得好快。」

「說不定你有心臟病。」錫樵夫說。

「可能喔。」獅子說。

「如果你有心臟病，」錫樵夫繼續說，「應該要覺得開心才對，因為這證明你有一顆心。看看我，我沒有心，根本不會得心臟病。」

「或許吧。」獅子若有所思地說，「如果沒有心的話，我應該就不會是個膽小鬼了。」

「你有腦子嗎？」稻草人問。

「應該有吧。雖然我從來都沒見過。」獅子回答。

「我要去找偉大的奧茲，請他給我一些腦子。」稻草人說，「因為我的頭裝滿了稻草。」

「我要去請他給我一顆心。」樵夫說。

「我則是要請他把我跟托托送回堪薩斯。」桃樂絲補充說。

「你們覺得奧茲可以賜給我勇氣嗎？」膽小獅問。

「這就跟給我腦子一樣簡單。」稻草人說。

「或給我一顆心。」錫樵夫說。

「或送我回堪薩斯。」桃樂絲說。

「既然這樣，如果你們不介意，我就跟你們一起去。」獅子說，「我沒辦法繼續忍受這種毫無勇氣的生活了。」

「非常歡迎。」桃樂絲回答，「你可以讓其他野獸不敢靠近我們。我認為，如果你可以這麼輕易就嚇跑牠們，他們一定比你還膽小。」

「的確如此。」獅子說，「但這樣並不會讓我比較勇敢，而且只要我知道自己是個膽小鬼，就開心不起來。」

這一小群旅伴再次踏上旅程，獅子邁著威武的步伐走在桃樂絲身邊。一開始，托托並不接受這個新同伴，因為他忘不了自己差點就要被獅子的大嘴巴咬碎。但一段時間以後，他就變得比較放鬆了，沒一會兒，托托跟膽小獅已經變成了好朋友。

這天後來沒再發生什麼事情打斷他們平靜的旅程。只有一次，錫樵夫不小心踩到一隻在路上爬的甲蟲，殺死了那隻可憐的小東西。這件事情讓錫樵夫非常難過，因為他總是小心避免傷害任何生物。繼續往前走時，他難過又懊悔地流下了好幾滴淚水。

這些淚水緩慢流下他的臉頰,流到嘴巴的鉸鍊上,以致那裡生鏽了。後來桃樂絲問錫樵夫問題時,他張不開自己的嘴巴,因為生鏽的關係,下巴整個都打不開。錫樵夫嚇死了,不斷作勢要桃樂絲幫他,但她卻看不懂。獅子也不知道發生了什麼事。只有稻草人從桃樂絲的籃子裡拿出油罐,幫樵夫的下巴上了油,沒一會兒,他就跟之前一樣正常說話了。

「這給了我一個教訓,」他說,「走每一步路都要注意。如果再踩死一隻蟲子或甲蟲,我一定會再流眼淚,而淚水又會讓我的下巴生鏽,我就沒辦法說話了。」

自此之後,錫樵夫走路變得非常小心,他兩眼緊盯路面,看到小螞蟻在路上緩慢行走時,他會跨過去,避免傷害到螞蟻。錫樵夫很清楚自己沒有心,因此很努力地避免對任何生物殘酷或不友善。

「你們這些有心的人能得到指引,」他說,「永遠不會犯錯。可是我沒有心,所以必須非常小心。當然,等奧茲給了我一顆心以後,我就不用顧慮這麼多了。」

7
出發去見偉大的奧茲

那天晚上，由於附近沒有房屋，他們只好在森林一棵大樹底下過夜。濃密的樹蔭遮擋了露水，錫樵夫又用斧頭砍了一大堆柴火，讓桃樂絲可以把火生得很旺，不僅帶來溫暖，也讓她感覺不那麼孤單。她跟托托吃掉了最後的麵包，不知道明天早餐該吃些什麼。

「如果妳想要的話，」獅子說，「我可以進森林裡幫妳殺死一隻鹿。不過妳的口味很奇怪，喜歡吃煮過的食物，所以妳可以把鹿肉放在火上烤，這樣明天早上就會有一頓美味早餐了。」

「不要！求求你別這麼做。」錫樵夫哀求道。「如果你殺死一隻可憐的鹿，我一定會流眼淚，這樣我的下巴又要生鏽了。」

但是獅子還是跑進了森林，解決自己的晚餐，因為他沒提

起，沒有人知道他吃了些什麼。稻草人則找到一棵結滿堅果的樹，拿了桃樂絲的籃子來裝堅果，這樣她就很長一段時間不用挨餓了。桃樂絲覺得稻草人的舉動溫柔又貼心，不過看到他笨手笨腳撿拾堅果的動作又捧腹大笑。用稻草填充的雙手很不靈活，偏偏堅果又很小，以至於他掉落地上的堅果幾乎就跟放進籃子裡的一樣多。但稻草人不在乎要花多久才能裝滿籃子，因為這樣他就不用靠近火堆，他害怕一顆小小火星會飛進稻草裡燒毀自己。因此他站得離火焰很遠，只有在桃樂絲躺下去睡覺時，才走上前把枯葉鋪在她身上。這些枯葉讓她覺得十分舒服溫暖，就這樣一覺熟睡到天明。

天亮以後，女孩在一條潺潺小河中洗了臉，然後他們很快就上路朝翡翠城前進。

這一天，這群旅人將會遇到很多事情。還走不到一個小時，他們就看到路上出現一條大壕溝，一望無際的壕溝把森林切成了兩半。那條壕溝非常寬，趴在邊緣處往下看，他們發現壕溝還非常深，底部有許多有稜有角的大岩石。壕溝兩邊都很陡峭，他們沒辦法爬下去，一時之間，旅程似乎就要在這邊畫下句點。

「我們該怎麼辦？」桃樂絲絕望地問。

「我想不到任何辦法。」錫樵夫說，獅子甩了甩蓬亂的鬃毛，臉上神情若有所思。

稻草人則說：「顯然我們不會飛，也沒辦法爬下這條大壕溝。除非有辦法跳過去，不然我們只能停在這裡了。」

「我想我應該跳得過去。」在腦中仔細衡量過距離後，膽小獅說。

「那就沒問題了。」稻草人回答，「我們可以坐在你的背上，一次一個人。」

「好，我來試試。」獅子說。「誰先？」

「我來吧。」稻草人說，「如果你發現自己跳不過去，桃樂絲會摔死，錫樵夫會被底下的岩石撞得凹凹凸凸。但換成是我坐在你的背上，就不用擔心了。因為就算摔下去了，我也不會受到一分一毫的傷害。」

「我也超怕掉下去。」膽小獅說，「但我想除了試試看，也沒有其他辦法了。那就上來吧，我們來試試看。」

稻草人坐上獅子的背，這隻大野獸走到壕溝的邊緣處蹲下。

「為什麼你不先助跑再跳？」稻草人問。

「因為我們獅子不是那麼跳的。」他回答。然後用力一跳，直衝上天，平安落在另一邊。看到他輕而易舉就跳過去，他們都非常開心。等稻草人從獅子背上下去以後，獅子又跳回了壕溝另一邊。

桃樂絲決定下一個換自己，她抱住托托，爬到獅子的背上，

一手緊抓住他的鬃毛。接著，她才剛覺得自己彷彿在空中飛，還來不及細想，就已經平安到了另一邊。獅子第三度跳回去接錫樵夫之後，他們全都坐了一會兒，好讓獅子可以休息一下，來來回回跳了這麼多次，他呼吸變得短促，氣喘吁吁，就像一隻跑了太久的大狗一樣。

　　他們發現這邊的森林非常濃密，看起來很陰暗。等獅子休息

好了，他們開始沿黃磚路繼續走，每個人心裡都默默在想，不知道何時才能走到森林盡頭，再次見到明亮的陽光。接著，他們很快就聽見森林深處傳來奇怪的聲響，心裡變得更加不安。獅子悄悄跟他們說，這附近住著一種叫「卡力達」的生物。

「卡力達是什麼啊？」女孩問。

「牠們是一種虎頭熊身的怪獸。」獅子回答，「爪子又長又利，可以輕而易舉地把我撕成兩半，就像我可以對托托這麼做一樣。我超怕卡力達。」

「難怪你會怕。」桃樂絲回答。「牠們一定是很可怕的野獸。」

獅子正準備回答，他們就又碰到另一條橫過路面的壕溝。可是這條壕溝更寬更深，獅子立刻知道自己跳不過去。

他們只好坐下來思考該怎麼辦。認真考慮過後，稻草人說了：

「壕溝邊有一棵大樹。如果錫樵夫可以把它砍倒，它就會倒向另一邊，我們就可以輕鬆走過去了。」

「這個點子實在太棒了，」獅子說。「棒到幾乎會讓人懷疑你頭裡面裝的是腦子，而不是稻草。」

樵夫立刻著手進行。他的斧頭很銳利，大樹很快就幾乎被砍穿。然後獅子把孔武有力的前腳放在樹上，使盡全力往前一推，

大樹就慢慢傾斜，接著砰一聲橫倒在壕溝上，樹梢附近的枝枒壓在另一邊的地面上。

他們正要跨過這座奇特的橋時，突然傳來了尖銳的咆哮聲。於是他們抬起頭，驚恐地看見兩隻虎頭熊身的大野獸正朝他們奔來。

「是卡力達！」膽小獅顫抖著說。

「動作快！」稻草人大叫。「我們快過去！」

抱著托托的桃樂絲先走，接著是錫樵夫，然後是稻草人。獅子心裡雖然害怕，卻轉身面向卡力達，發出可怕的巨大吼聲，嚇得桃樂絲尖叫，稻草人往後倒，就連那些兇猛的野獸也暫時停下腳步，吃驚地看著他。

可是，卡力達發現自己比獅子大隻，而且牠們有兩隻，獅子只有一隻時，又再次往前衝。獅子走過樹橋，轉頭探看後續動靜。那些兇猛的野獸一刻沒停，也開始要跨過樹橋。於是獅子對著桃樂絲說：

「我們輸了，牠們一定會用利爪把我們撕成碎片。不過妳還是要緊緊跟著我，只要還有一口氣在，我就會跟牠們拚命。」

「等等！」稻草人大喊。他一直在思考怎麼做最好。此刻，他要樵夫把靠在壕溝這一邊的樹橋砍斷。錫樵夫立刻動斧，就在兩隻卡力達快要爬過來之際，樹橋砰地掉進壕溝，那些大聲咆

哮、醜陋又殘暴的野獸也跟著掉落，被底部的尖銳岩石撞得粉身碎骨。

「好了，」膽小獅鬆了一大口氣。「看來我們能活久一點了，我也很開心自己能繼續活下去，因為活不下去一定非常不舒服。那些野獸真是嚇死我了，我的心臟到現在還跳個不停。」

「唉，」錫樵夫難過地說，「要是我也有一顆能跳動的心臟就好了。」

這段冒險讓這群旅人心急如焚，直想趕緊離開森林，他們加快腳步，走累的桃樂絲只好坐上獅子的背。他們持續趕路，開心地發現越往前進樹木越稀疏，到了下午時分，眼前忽然出現一條寬闊河流，河水十分湍急。他們看見河流另一側的黃磚路穿過一片美麗田野，綠色草地上點綴著色彩鮮豔的花朵，整條路兩旁的樹木都結滿了美味水果。眼前的美麗田野讓他們非常開心。

「我們要怎麼過河啊？」桃樂絲問。

「很簡單，」稻草人回答。「只要錫樵夫幫我們做一個木筏，我們就可以漂到對岸去了。」

於是樵夫拿起斧頭，開始劈倒小樹來做木筏。樵夫在忙的時候，稻草人在河岸邊找到一棵結滿甜美水果的樹木。一整天只吃了堅果的桃樂絲很開心，享用了一頓豐盛的水果大餐。

但做木筏需要時間，即使是錫樵夫這種勤勞不知疲累的人也

不例外。夜幕低垂時，木筏還沒完成。於是他們在樹底下找到一塊舒適的地方睡覺過夜。桃樂絲夢到了翡翠城，也夢見了很快就會把她送回故鄉的好巫師奧茲。

8

致命的罌粟花田

　　隔天早上醒來後，這一小群旅人神清氣爽，滿懷希望。桃樂絲像位公主似的，吃著河邊樹上摘來的桃子跟李子當早餐。他們後方是先前通過的陰暗森林，雖然遇到很多挫折，但眼前陽光普照的美麗田野，似乎在召喚他們前往翡翠城。

　　儘管大河橫亙在他們與那塊美麗土地之間，但是木筏就快要完成了。錫樵夫多砍了幾根木頭以後，用木樁把它們固定接合好，他們便準備要出發了。桃樂絲抱著托托坐在木筏中間。膽小獅踏上木筏時，因為他又大又重，木筏嚴重地傾向一邊，幸好稻草人跟錫樵夫站在木筏的另一邊，才讓木筏能夠平衡下來。他們手裡都拿著長竿，用來推動木筏渡河。

　　一開始還滿順利的，但是一到河流中央，急流就把木筏推往

下游，越來越偏離黃磚路。加上河水越來越深，長竿根本碰不到底。

「這下不好了，」錫樵夫說，「如果沒辦法上岸，我們會被水流帶往西方壞巫婆統治的國度，她會對我們施法，把我們變成她的奴隸。」

「這樣我就得不到腦子了。」稻草人說。

「這樣我就得不到勇氣了。」膽小獅說。

「這樣我就得不到心了。」錫樵夫說。

「這樣我就永遠回不了堪薩斯了。」桃樂絲說。

「我們要盡全力到達翡翠城。」稻草人繼續說，同時把長竿用力一撐，結果木竿牢牢卡進河床的泥沙裡。他還來不及拉出長竿或放手，木筏已被河水沖走，可憐的稻草人就這樣掛在木竿上，留在河中央。

「再見！」他在後面大叫，其他人都很難過不得不拋下稻草人。錫樵夫開始流淚，不過幸好他記得自己可能會因此生鏽，趕緊用桃樂絲的圍裙把眼淚擦乾。

這對稻草人來說，當然很糟糕。

「我現在的情況比初次見到桃樂絲時還慘。」他心想。「當時，我被困在玉米田中的竹竿上，好歹還能嚇嚇烏鴉。但一個卡在河水中央木竿上的稻草人，肯定一點用處也沒有。這下完了，

我看我永遠也得不到任何腦子了！」

木筏往下游漂去，可憐的稻草人卻被留了下來。這時候，獅子說：

「得想個辦法脫困才行。我想，如果你們緊緊抓住我的尾巴末端，我應該可以游到岸邊，順便把木筏拖過去。」

於是他跳進水中，錫樵夫緊緊抓著他的尾巴。然後獅子開始全力往河岸游。儘管他的塊頭很大，這個任務依舊很困難。不久以後，他們終於遠離了湍急的河水，接著桃樂絲把錫樵夫的長竿拿過來，幫忙把木筏推往岸邊。

終於踏上岸邊美麗的青草地時，他們都累垮了。而且也都知道，河水把他們遠遠沖離了通往翡翠城的黃磚路。

「我們現在該怎麼辦？」錫樵夫問。這時，獅子正趴在草地上，讓陽光曬乾他的毛皮。

「我們得想個辦法回去黃磚路那邊。」桃樂絲說。

「最好的辦法，就是沿著河岸往回走，直到我們看見那條道路。」獅子說。

於是，休息完畢後，桃樂絲提起籃子，大夥兒開始沿著青翠的河岸走，往當初河流上游的地方走去。這裡的田野很美，有開滿遍野的花朵和果樹，風和日麗，令他們精神振奮。要不是掛心著可憐的稻草人，他們一定會非常開心。

大家忙著趕路，中途桃樂絲只停下來一次，摘採美麗的花。一段時間過後，錫樵夫大叫：「快看！」

他們全都望向河面，看見稻草人攀在河中央的竿子上，一副非常孤單悲傷的樣子。

「我們要怎麼救他呢？」桃樂絲問。

獅子跟樵夫都搖了搖頭，因為他們想不到辦法。接著他們都在河岸上坐下，難過地盯著稻草人看。後來，一隻飛過的鸛鳥看見了他們，於是停在河邊。

「你們是誰？要去哪裡？」鸛鳥問。

「我叫桃樂絲。」女孩回答，「他們是我的朋友，錫樵夫跟膽小獅。我們要去翡翠城。」

「要去翡翠城不是走這裡。」鸛鳥說，同時扭動她長長的脖子，眼神銳利地看著這支奇怪隊伍。

「我知道。」桃樂絲回答，「但我們失去了稻草人，正在想要怎麼救他。」

「他人在哪兒？」鸛鳥問。

「在那邊的河面上。」小女孩回答。

「要不是他又大又重，我就去幫你們救他了。」鸛鳥說。

「他一點也不重。」桃樂絲趕忙說，「因為他的身體裝滿了稻草。如果妳能幫我們把他救回來，我們會非常非常感謝妳。」

「好吧，我試試看。」鸛鳥說。「可如果我發現他太重，超過我的負荷，就只能把他留在河裡了。」

於是那隻大鳥飛了起來，越過水面，來到攀著竿子的稻草人旁邊。然後用巨大的爪子抓住稻草人的手臂，把他拉上天，飛回河岸邊，桃樂絲、獅子、錫樵夫跟托托都坐在那兒等。

終於得以跟朋友們會合，稻草人開心得擁抱了大家，就連獅子還有托托都不例外。再度上路時，他快樂得每走一步都會哼唱「托—德—雷—德—歐！」

「我本來還很擔心自己會永遠待在水面上。」他說，「但好心的鸛鳥救了我，如果我得到了腦子，一定會來找鸛鳥，回報她的恩情。」

「小事罷了。」伴著他們飛翔的鸛鳥說。「我向來喜歡幫助有困難的人。但我現在得走了，孩子們還在巢裡等我呢。希望你們能找到翡翠城，奧茲也會幫忙你們。」

「謝謝妳。」桃樂絲回答，然後好心的鸛鳥就飛上天，很快不見了踪影。

他們繼續前進，聽著羽毛鮮豔的鳥兒鳴唱，欣賞美麗的花朵。眼前盡是鮮花遍野，碩大的花朵有黃有白有藍有紫，旁邊還有大叢大叢的深紅色罌粟花，顏色鮮豔得讓桃樂絲幾乎目眩。

「多麼漂亮的花朵啊，對不對？」女孩問，一邊呼吸著鮮豔

花朵的強烈香氣。

　　「我想是吧。」稻草人回答。「要是我有腦子，可能會更喜歡這些花。」

　　「要是我有心，應該會很喜愛這些花。」錫樵夫也說。

　　「我一直都很喜歡花，」獅子說。「它們看起來是這麼無助又脆弱。但森林裡沒有這麼鮮豔的花。」

　　這時候，他們眼前出現越來越多的鮮紅色大罌粟花，其他種

類的花卻越來越少。很快地，他們就發現自己置身一大片的罌粟花海中。如今大家都知道，大量罌粟花一起綻放時，會散發出很強烈的香氣，聞到這種氣味的人都會睡著。如果沒把睡著的人帶離花香，他就會陷入永遠的睡眠之中。可是桃樂絲並不知道，而且她也逃離不了這種四處盛開的鮮紅花朵。所以，此刻的她眼皮變得很沉重，她覺得自己得坐下來休息，順便睡上一覺。

可是錫樵夫不讓她這麼做。

「我們一定要趕在天黑以前回到黃磚路上。」他說。稻草人也同意他的說法。因此他們繼續前進，直到桃樂絲再也站不住。桃樂絲忍不住閉上眼睛，她忘了自己身在何處，就這麼躺在罌粟花海中沉沉睡去。

「我們該怎麼辦？」錫樵夫問。

「如果把她留在這裡，她會沒命的。」獅子說。「這種花的香氣會把我們都殺死。我自己都快睜不開眼睛了，那隻狗已經睡著了。」

的確如此。托托也在小主人身旁睡著了。但稻草人跟錫樵夫不是血肉之軀，所以絲毫不受這種氣味影響。

「快跑。」稻草人對著獅子說，「盡全力趕快離開這片致命的花海。我們可以帶著小女孩走，但要是你睡著了，我們可拖不動巨大的你。」

於是獅子振奮精神，卯足盡向前飛奔。一溜煙就不見了。

「我們用手搭成椅子托著她走吧。」稻草人說。於是他們抓起托托，把小狗放在桃樂絲的膝上，接著以手掌為坐墊，手臂當扶手，搭成一張椅子，帶著昏睡的女孩穿過花海。

他們走啊走，但這片致命花海彷彿沒有盡頭。他們沿著彎彎曲曲的河流旁邊走，終於見到了他們的獅子朋友，他在罌粟花叢中深深沉睡著。花的氣味實在太濃烈，這隻巨大野獸終究不敵倒

地，儘管前方不遠處就是罌粟花海的盡頭，一片片青翠甜美的綠草地向前展開。

「我們幫不了他。」錫樵夫難過地說，「他太重了，我們扛不動。只能放他在這裡永遠沉睡，或許他會夢到自己終於獲得了勇氣吧。」

「對不起。」稻草人說。「就一隻膽小的獅子來說，他真的是個好夥伴。但我們還是繼續前進吧。」

他們把睡著的女孩帶到河邊一個漂亮的地方。這裡距離罌粟花海很遠，她不會再吸入罌粟花的毒氣。他們輕輕把她放到柔軟的草地上，等待清新的微風喚醒她。

9

田鼠女王

「我們現在一定離黃磚路不遠了。」稻草人站在女孩身旁說，「因為這段路程的距離，差不多就到之前河流沖走我們的地方了。」

正準備回答時，錫樵夫聽見了一聲低吼，於是他轉過頭（因為脖子上有鉸鍊，轉動起來輕鬆自如），看見一隻奇怪的野獸越過草地，往他們這裡撲過來。原來那是隻黃色大山貓。錫樵夫心想，牠一定是在追趕什麼東西，因為牠的耳朵平貼在頭的兩側，嘴巴大張，露出兩排醜陋的牙齒；紅色的眼睛就像火球般發亮。隨著牠越來越近，錫樵夫看見那隻野獸的前方有一隻灰色小田鼠在奔跑。雖然沒有心，但他知道山貓試圖殺害這種漂亮又無害的動物是不對的。

於是錫樵夫舉起斧頭，在山貓從他身旁跑過時，迅速往下一劈，山貓的頭立刻離開了身體，腦袋跟軀幹分家的山貓，就這樣倒在他的腳邊。

逃離敵人魔掌的田鼠很快停下腳步，慢慢朝錫樵夫走來，用吱吱叫的細微聲音說：

「噢，謝謝你！你救了我的命，真是太感謝你了。」

「請不要這麼說。」錫樵夫回答。「妳知道嗎，我沒有心，所以我總是隨時留意，好幫助任何有需要的人，就算只是一隻田鼠也不例外。」

「只是一隻田鼠！」小動物憤怒地大叫。「告訴你，我可是女王——是所有田鼠的女王呢！」

「噢，原來如此。」錫樵夫說，鞠了一個躬。

「你立下了大功，英勇地救了我的性命。」女王接著說。

這時候，幾隻田鼠踏著小小步伐，盡可能快速地跑過來，看見自己的女王就大喊：

「噢，陛下，我們都以為您被殺死了！您是怎麼躲過大山貓的呢？」牠們對著嬌小的女王深深鞠躬，頭都快碰到地了。

「這個奇怪的錫人，」她答道，「殺死了山貓，救了我的性命。所以你們以後得好好服侍他，服從他的所有要求。」

「遵命！」所有的田鼠都尖聲齊答。隨後牠們忽然四散逃

開。原來是托托睡醒了。看見身旁有這麼多田鼠，他高興地叫了
一聲，就跳到那群田鼠之中。還住在堪薩斯的時候，托托就很愛
追逐田鼠，也不覺得這麼做有什麼錯。

　　可是錫樵夫馬上抓住小狗，把他緊緊抱進懷裡，同時對著那
群田鼠大喊：「回來啊！回來！托托不會傷害你們的。」

聽到他這麼一叫，田鼠女王才從草堆裡探頭出來，膽怯地問：「你確定他不會咬我們嗎？」

「我不會讓他這麼做的。」錫樵夫說，「所以不用怕。」

田鼠一隻隻小心翼翼地爬了回來，托托沒有再吠叫，卻想要掙脫錫樵夫的懷抱，要不是清楚知道他是錫做的，托托老早就咬他一口了。最後，一隻最大的田鼠說話了。

「為了報答你拯救了我們女王的性命，」牠問，「請問有什麼我們可以為你效勞的嗎？」

「我想不到耶。」錫樵夫回答。但一直努力思考，卻因為腦袋裝滿稻草而做不到的稻草人很快地說：

「喔，有啊，你們可以去救我們的朋友膽小獅，他在罌粟花床裡睡著了。」

「獅子！」女王大叫。「不行啦，他會把我們全都吃光。」

「喔，不會啦。」稻草人說，「這隻獅子很膽小。」

「真的嗎？」女王問。

「是他自己說的。」稻草人回答，「而且他絕對不會傷害我們的朋友。如果你們可以幫忙救他，我保證他會非常友善。」

「好吧，」女王說，「我們相信你。但我們應該怎麼做？」

「稱呼妳為女王，並且願意服從妳的田鼠很多嗎？」

「喔，對啊，有好幾千隻呢。」她回答。

「請牠們趕快過來這裡，而且每隻都要帶一條長繩子。」

女王轉身面對她的田鼠侍從，交代牠們立刻召集所有子民。一接到命令，田鼠群就以最快的速度跑向四面八方。

「現在，」稻草人對錫樵夫說，「你得去到河畔邊，砍下樹木做一台可以搬運獅子的推車。」

樵夫立刻走到樹旁開始作業。他很快就砍下幾根粗枝幹，削去枝葉做出一台推車。他用木釘把木材都固定住，然後把一截大樹幹切成段，做出四個輪子。他做得又快又好，等到田鼠開始集結時，推車已經準備好了。

好幾千隻田鼠從四面八方聚集過來：大大小小，還有中型大小的。每一隻嘴裡都銜著一條繩子。差不多就在此時，桃樂絲從長眠中醒來，睜開了雙眼。她很驚訝地發現自己躺在草地上，身旁環繞著好幾千隻田鼠，大家都膽怯地看著她。可是稻草人把發生的一切都跟她說了，並轉身面向高貴的田鼠女王說：

「容我為妳引見女王陛下。」

桃樂絲莊重地點點頭，女王也屈膝回禮，之後，女王也對小女孩相當友善。

稻草人跟錫樵夫開始用田鼠帶來的繩子，把牠們跟推車綁在一起。繩子一端綁著每隻田鼠的脖子，另一端則綁著推車。當然，這台推車比任何田鼠都大上一千倍，可是只要把牠們跟推車

綁在一起，就可以輕鬆拉動推車。就連稻草人跟錫樵夫都能坐在上面，由這群奇怪的小馬把他們迅速拉到獅子沉睡的地方。

由於獅子很重，歷經一番努力才總算把他弄上推車。接著女王趕忙下令，要她的子民開始拉車，因為她擔心，田鼠們在罌粟花田裡待太久也會睡著。

一開始，儘管數量龐大，但這些小動物幾乎拉不動沉重的推車，可是錫樵夫跟稻草人都從後面幫忙推，車子總算開始移動。很快地，牠們就把獅子從罌粟花田拉到了綠色草原，讓他呼吸甜美的新鮮空氣，而不是罌粟花的有毒氣味。

桃樂絲也前來會合，真摯地感謝小田鼠們救了她的夥伴一命。她對大獅子已經有了深厚的感情，因此很高興他能獲救。

隨後，和推車銜接的繩子都被解開，田鼠們都穿過草原，四散回家去了。只有田鼠女王留到最後才離開。

「要是還需要我們幫忙，」她說，「就走到田野上呼叫。只要聽見你們的聲音，我們就會趕來幫忙。再見了！」

「再見！」他們齊聲回答，在女王跑走時，桃樂絲抱緊了托托，免得他追過去嚇到她。

在這之後，他們都在獅子身旁坐下，等他醒來。稻草人則從附近樹上摘了些水果，給桃樂絲當晚餐吃。

10

守門人

　　膽小獅花了些時間才醒來，因為他在罌粟花海裡躺了太久，吸進太多致命的花香。但後來他終於睜開雙眼，從推車上翻身下來時，十分高興發現自己還活著。

　　「我盡全力跑了。」他坐下來，邊打呵欠邊說。「但花的香氣實在太強。你們是怎麼把我弄出來的？」

　　於是他們跟他提到了田鼠，以及牠們如何好心救了他一命。膽小獅聽完以後大笑，然後說：

　　「我一直以為自己巨大又可怕，然而像花朵這樣的小東西差點就要了我的命，而像田鼠這麼小的動物卻救了我的命。太奇怪了！不過，夥伴們，我們接下來要怎麼做呢？」

　　「我們必須繼續前進，再次找到黃磚路才行。」桃樂絲說，

「然後就可以繼續前往翡翠城了。」

於是，當獅子完全恢復平時的精神，他們便再次踏上旅程，快快樂樂地走過柔軟清新的草地。過了不久，他們就回到了黃磚路上，再次朝偉大奧茲所住的翡翠城前進。

這裡的道路平整舒適，附近的景色也很漂亮，這群旅人很高興能夠遠離之前那座森林，揮別他們在陰暗樹林裡遇到的諸多危險。他們看見道路兩旁又出現了籬笆，只不過在這裡漆成了綠色。他們看見一間同樣漆成綠色的小屋，屋裡顯然住著農夫。這天下午，他們經過了幾間類似的屋子，有時候人們會來到門邊看著他們，似乎有問題想發問，可是沒有人敢走近，也沒有人跟他們搭話，因為大家都很害怕大獅子。這裡的人們都穿著漂亮的翠綠色衣服，跟曼奇金人一樣戴著尖帽。

「這裡肯定就是奧茲國了。」桃樂絲說，「我們一定快到翡翠城了。」

「沒錯。」稻草人回答。「這裡的一切都是綠色的，不像曼奇金國最愛藍色。而且這裡的人好像沒有曼奇金人那麼友善，恐怕我們今晚會找不到地方過夜。」

「我想吃點水果以外的東西，」女孩說，「而且我很確定托托快餓死了。我們在下一間屋子停下來，跟居民說說話吧。」

於是他們來到一戶農家的大房舍前面，桃樂絲大膽地走上前

敲門。

　　一個女人開了一條小縫往外看，並說：「妳想做什麼，孩子？為什麼有隻大獅子跟著妳？」

　　「如果可以的話，我們想在您家裡過夜。」桃樂絲回答，「獅子是我的朋友跟夥伴，絕對不會傷害妳的。」

　　「他很乖嗎？」女人問，同時把門縫開大了一些。

　　「喔，對啊。」小女孩說，「而且他超級膽小。妳怕獅子，不過獅子更怕妳呢。」

　　「好吧，」女人想了一會兒，又瞄了獅子一眼說，「既然這樣，你們可以進來，我會給你們一些晚餐，還有可以睡覺的地方。」

　　於是他們就進屋去，屋裡除了剛剛那個女人，還有一個男人跟兩個小孩。男人的腳受傷了，正躺在角落的沙發上。看見如此奇怪的一夥人，他們似乎非常訝異。就在女人忙著擺餐桌時，男人問：

　　「你們是要去哪裡啊？」

　　「去翡翠城。」桃樂絲說，「見偉大的奧茲。」

　　「噢，這樣啊！」男人吃驚地說。「妳確定奧茲會接見你們嗎？」

　　「為什麼不會？」她回答。

「因為啊，據說他從不見任何人。我去過翡翠城很多次，那裡是個美麗宏偉的地方，可是我從來都沒獲准見過偉大的奧茲，也沒聽過有任何人見過他。」

「他從來都不出門嗎？」稻草人問。

「沒錯。日復一日，他都坐在宮殿裡那間超大觀見室的寶座上，就連那些服侍他的人，都沒有當面見過他。」

「他長什麼樣呢？」女孩問。

「很難說。」男人若有所思地說。「妳要知道，奧茲是個偉大巫師，可以變幻成任何外形。所以有些人說，他長得像一隻鳥，有些說他像大象，有些人則說他長得像貓。他也曾以美麗的仙女、小精靈和其他模樣現身，隨他高興。但真正的奧茲長什麼樣，就沒有人知道了。」

「真的好奇妙喔。」桃樂絲說。「可是我們一定得想辦法見到他，不然這一趟就白來了。」

「你們為什麼想見可怕的奧茲呢？」男人問。

「我希望他給我一些腦子。」稻草人渴望地說。

「噢，這對奧茲來說小事一樁。」男人這麼說。「他有很多用不到的腦子。」

「我希望他能給我一顆心。」錫樵夫說。

「那也不難。」男人繼續說，「奧茲收藏了許許多多的心，

各種大小、形狀都有。」

「我希望他賜給我勇氣。」膽小獅說。

「奧茲在觀見室放了一個裝滿勇氣的大缸。」男人說，「還用一片金板子蓋住，免得溢出來。他會很樂意分你一些的。」

「我希望他送我回堪薩斯。」桃樂絲說。

「堪薩斯是在哪裡啊？」男人驚訝地問。

「我也不知道。」桃樂絲難過地回答，「但那裡是我的家鄉，我相信一定在某個地方。」

「很有可能。奧茲無所不能，我想他應該可以幫妳找到堪薩斯。但前提是，你們得見到他，光這點就很困難了。因為這位大巫師不喜歡見人，有他自己的一套規矩。不過，你又是想要什麼呢？」他對著托托說。但托托只是搖搖尾巴，他不會說話，說起來也真奇怪。

這時候，女人說晚餐準備好了，叫他們過去吃，大夥便齊聚到桌子旁。桃樂絲吃了一些美味的粥、一盤炒蛋跟一盤好吃的白麵包，對餐點非常滿意。獅子吃了一些粥，但不怎麼喜歡，他說那是燕麥做的，而燕麥是給馬吃的，不是給獅子吃的。稻草人跟錫樵夫什麼也沒吃。托托則是每一樣都吃了一些，很高興終於又吃到一頓像樣的晚餐。

女人準備了一張床讓桃樂絲睡，托托趴在她身旁，獅子則

幫她守門，以免任何人來打擾她。稻草人跟錫樵夫站在房間的一角，整晚沒說話，不過當然他們都睡不著。

隔天早上天一亮，他們就立刻啟程，很快就看見眼前的天空有一道美麗的綠光。

「那裡一定就是翡翠城了。」桃樂絲說。

隨著繼續前行，綠光也越來越明亮，他們似乎終於接近旅程的終點。然而到了下午，他們才抵達環繞著翡翠城的高大城牆。翠綠色的城牆又高又厚。

他們走到黃磚路的盡頭，眼前是一座巨大城門，門扉上鑲滿了密密麻麻的翡翠，在陽光底下發出耀眼的光芒，就連稻草人那雙畫上去的眼睛都看花了。

門邊有個門鈴，桃樂絲壓下按鈕，聽見裡面傳來清脆的叮噹聲。大門緩緩開啟，他們全都走了進去，來到一個挑高的拱頂房間，這裡的牆壁因數不清的翡翠而閃閃發光。

一個跟曼奇金人同樣矮小的男人站在他們面前。他從頭到腳穿著一身綠，就連皮膚也泛著綠色。身邊擺了一個綠色大箱子。

看見桃樂絲跟她的夥伴，男人問：「你們來翡翠城有什麼事？」

「我們來見偉大的奧茲。」桃樂絲說。

聽見這個答案，男人訝異到甚至坐了下來想一想。

「已經有好些年，沒人來跟我說要求見奧茲了。」他困惑地搖搖頭。「他法力高強又可怕，如果你們是為了一些無聊愚蠢的小事，來麻煩這位偉大巫師提供高見，他可能會勃然大怒，瞬間把你們全消滅掉。」

「但我們的理由既不愚蠢，也不無聊。」稻草人回答，「這件事情很重要。而且我們聽說，奧茲是個好巫師。」

「他的確是。」綠色的矮男人說，「睿智的他把翡翠城治理得很好。但對於那些不老實，或只是為了滿足自身好奇心而接近他的人來說，他就非常可怕了，所以很少有人敢求見他。我是守門人，既然你們求見偉大的奧茲，我理當帶你們去他的宮殿。但是首先，你們得先戴上眼鏡。」

「為什麼？」桃樂絲問。

「如果不戴上眼鏡，翡翠城發出的耀眼光芒會把你們全都閃瞎。就連城裡居民都要日夜戴著眼鏡。所有眼鏡都有上鎖，這是奧茲建城時下的命令，只有我身上的鑰匙能夠解開鎖。」

他打開大箱子，桃樂絲看見裡面裝滿了各種大小形狀的眼鏡。鏡片全都是綠的。守門人找到一副大小正適合桃樂絲的，就幫她戴上。上面有兩條金鏈子可以繞到後腦勺，守門人用一把小鑰匙把兩條金鏈鎖在一起，那把鑰匙就掛在他脖子上的項鍊末端。戴上以後，桃樂絲沒辦法隨便取下眼鏡，但她什麼話也沒

說，因為她絕對不想被翡翠城的光芒閃瞎。

接著，綠色矮男人一一找出適合大夥的眼鏡：稻草人、錫樵夫、獅子都戴上了，就連小托托也不例外。所有人的眼鏡都用鑰匙鎖緊。

然後，守門人也戴上自己的眼鏡，告訴他們準備帶他們前往宮殿了。他從牆上的掛鉤取下一支金色大鑰匙，打開另一道大門，大夥都跟著他穿過正門，踏上翡翠城內的街道。

11

奇妙的奧茲國翡翠城

　　儘管有綠色眼鏡保護，桃樂絲跟朋友們一開始仍被這座宏偉城市的耀眼光芒，照得眼花撩亂。道路兩旁成排的美麗房屋，全都是用綠色大理石蓋的，處處點綴著閃閃發亮的翡翠。他們走過同樣以綠色大理石鋪成的路面，街道連接處也鑲嵌了滿滿的翡翠，在明亮的陽光下熠熠生輝。窗戶上嵌了綠色玻璃，就連翡翠城上方的天空都泛著綠色，陽光也是綠色的。

　　有許多男男女女跟小孩在走動，他們全都身穿綠色衣物，有著綠色皮膚。他們好奇地看著桃樂絲跟她組合奇特的夥伴。看見獅子時，孩子們全都跑去躲在媽媽背後，但沒有人跟他們說話。街道上有許多店舖，桃樂絲看見裡面賣的全是綠色物品。有賣綠色糖果、綠色爆米花，還有綠鞋、綠帽跟各式各樣的綠衣。有個

男人在賣綠色檸檬水，有幾個孩子去買，桃樂絲看見他們付錢也用綠色硬幣。

這裡似乎沒有馬或其他動物。男人用綠色小推車載東西，人在後面推。每個人似乎都很快樂、滿足、富有。

守門人領著他們穿過街道，進入城市正中央一座巨大建築，那裡正是偉大巫師奧茲的宮殿。門前站著一個身穿綠色制服的士

兵，留著長長的綠色鬍鬚。

「這些陌生人，」守門人對他說，「要求見偉大的奧茲。」

「請進，」士兵回答，「我會替你們通報。」

於是他們穿過宮殿大門，被帶進一個大房間，房間裡有綠色地毯以及鑲著翡翠的漂亮綠色家具。在進去之前，士兵要他們先在綠踏墊上把腳弄乾淨。等他們都坐好以後，他彬彬有禮地說：

「請各位自便，我現在就去覲見室，稟告奧茲你們到了。」

他們等了很久，士兵才回來。見到他終於回來，桃樂絲問：

「你剛剛有見到奧茲嗎？」

「喔，沒有。」士兵回答，「我從沒見過他。不過我有跟屏風後面的他直接對話，轉達了你們的意思。他表示，既然你們這麼渴望見他，他願意接見你們。但一次只能進去一個，而且他一天只接見一個人。所以，你們得在宮殿裡待上好幾天，我會帶你們去各自的房間，長途跋涉之後，你們可以舒服地休息一下。」

「謝謝你。」女孩回答，「奧茲真是太大方了。」

這時候，士兵吹響綠色的哨子，立刻有一名身穿漂亮絲質長袍的年輕女孩走進來。她有著美麗的綠色頭髮和綠色眼睛。她對著桃樂絲深深鞠躬，並說：「請跟我來，我帶妳去房間。」

桃樂絲跟所有朋友道別，只把托托抱在懷裡，便跟著綠色少女穿過七條走廊，爬上三層樓梯，來到位於宮殿前方的房間。那是世界上最美好的小房間，房裡擺了一張柔軟舒適的床，上面鋪著綠色絲質床單跟綠色天鵝絨床罩。房間中央有一座小噴泉，將綠色香水噴灑到空氣中，再落進雕刻的綠色大理石水盆裡。窗邊放了些漂亮的綠色花朵，書架上擺了一排綠色小書。桃樂絲在空閒時翻閱這些書籍，發現書中滿是奇怪的綠色圖片，因為太有趣了她不禁哈哈大笑。

衣櫥裡擺了許多綠色衣服，都是用絲線、綢緞跟天鵝絨織成的，對桃樂絲來說都很合身。

「請不必拘束，把這裡當成自己家吧。」綠色少女說，「如果需要任何東西，請搖搖鈴。奧茲明天早上會召見妳。」

她把桃樂絲留在房裡，回去帶領其他人。每個人都被帶到自己房間，也都覺得住得很舒服。當然，這份體貼對稻草人來說很浪費，發現房裡只剩自己獨自一人，他就傻傻地站在門邊等天亮。他不需要躺下來休息，也沒辦法閉上眼睛。因此整個晚上，他就直盯著房間角落一隻織網的小蜘蛛，彷彿這裡不是世界上最美好的房間之一。錫樵夫很習慣地躺到了床上，因為他還留著自己血肉之軀時的記憶，但卻睡不著，整晚都在那邊活動關節，確保它們能良好運作。比起被關在房裡，獅子更想睡在森林的枯葉堆上，但他很明理，不為這件事情困擾，他跳到床上像貓一樣蜷縮身體，沒一分鐘就呼嚕呼嚕睡著了。

隔天早上吃完早餐，綠色少女過來接桃樂絲。她讓桃樂絲穿上用綠色錦緞織成、最漂亮的長袍。又為她套上一件綠色絲質圍裙，然後在托托的脖子上綁了一條綠色緞帶，便前往觀見室準備去見偉大的奧茲。

他們先來到一座寬闊大廳，裡面有許多身著華美衣裳的宮廷紳士和淑女。這些人只會彼此閒聊，完全無所事事。他們每天早

上都在觐見室外面等候，卻從未獲得奧茲召見。桃樂絲進來時，他們都好奇地看著她，其中一人低聲說：

「妳真的準備好，要見可怕的奧茲了嗎？」

「當然，」女孩回答，「如果他願意見我的話。」

「噢，他會見妳的。」之前幫她傳話給巫師的士兵說，「雖然他並不喜歡有人求見。事實上，他一開始很生氣，還說我應該把你們趕回去。後來他問起了妳的長相，我提到那雙銀鞋時，他就變得很感興趣。最後，我提到了妳額頭上的印記，於是他就決定接見妳了。」

就在此時，鈴聲響起，綠色少女對桃樂絲說：「這是接見的信號。妳必須單獨進入觐見室。」

她打開一扇小門，桃樂絲勇敢地走了進去，發現自己身在一個宏偉的地方。圓形的大房間有個高聳的圓頂，牆壁、天花板及地板全部緊密鑲滿著巨大翡翠。屋頂正中央有盞大燈，就跟太陽一樣明亮，照得翡翠閃閃發光。

可是桃樂絲最感興趣的，是房間正中央的巨大綠色大理石王座。王座的造型就像椅子，但鑲嵌著寶石閃爍不已，就跟屋裡的其他東西一樣。椅子中間有個巨大的頭，沒有身體支撐，也沒有雙手或雙腳。頭上沒有毛髮，但有眼睛、鼻子跟嘴巴，這顆頭顯比世界上最高大的巨人的頭還要大。

桃樂絲驚訝又害怕地盯著大頭看，大頭的眼睛緩緩轉動，眼神銳利而冷靜地看著她。接著，大頭的嘴巴動了，桃樂絲聽到聲音說：

　　「我是偉大又可怕的奧茲。妳是誰？為什麼來見我？」

　　大頭發出的聲音沒有她料想的那麼可怕，於是她鼓起勇氣回答：

　　「我是弱小又溫和的桃樂絲。特地前來請求你的幫助。」

　　那雙眼睛若有所思地盯著她整整一分鐘。然後那個聲音說：

　　「妳那雙銀鞋是怎麼來的？」

　　「從東方壞巫婆那邊得到的，我的房子掉在她身上，把她壓死了。」她回答。

　　「妳額頭上的印記是怎麼來的？」那個聲音繼續問。

　　「北方好巫婆跟我道別，要我來找你時，在我額頭上親吻留下來的。」女孩說。

　　那雙眼睛再次銳利地看著她，並察覺她說的都是真話。奧茲接著問：「妳要我為妳做什麼？」

　　「送我回堪薩斯，回到愛姆嬸嬸跟亨利叔叔的身邊。」桃樂絲真摯地回答。「雖然你的國家很美麗，但是我並不喜歡。而且我不見了這麼久，愛姆嬸嬸一定擔心死了。」

　　那雙眼睛眨了三次，然後望向天花板、地板，接著又奇怪地

轉動，好像要看遍房間每個部分。最後，再次望向桃樂絲。

「我為什麼要幫妳？」奧茲問。

「因為你很強大，我很弱小。你是偉大的巫師，而我只是個小女孩。」

「可是妳有強大的法力，足以殺死東方壞巫婆。」奧茲說。

「那只是碰巧而已。」桃樂絲簡潔地回答，「不是我能控制的。」

「那麼，」大頭說，「我就來回答妳吧。除非妳先幫我做些什麼，否則沒有資格期望我把妳送回堪薩斯。在這個國家，每個人想要得到什麼，都一定要先付出。如果妳希望我用法力送妳回家，就得先幫我做一件事。妳先幫我，我就會幫妳。」

「我要做什麼呢？」女孩問。

「殺死西方壞巫婆。」奧茲回答。

「可是我辦不到啊！」桃樂絲非常驚訝地大喊。

「妳殺死了東方巫婆，還穿著魔力強大的銀鞋。如今在這個國度裡，只剩下一個壞巫婆了，等妳告訴我她死了，我就會送妳回堪薩斯，但在那之前是不可能的。」

小女孩太失望了，開始啜泣起來。那雙眼睛再次眨了眨，急切地望著她，彷彿偉大的奧茲覺得，只要她願意，就幫得上這個忙。

「我從來沒有故意去殺害任何東西。」桃樂絲嗚咽地說。「就算我願意，是要怎樣殺死那個壞巫婆啊？如果連偉大又可怕的你都殺不死她，怎麼能指望我辦到呢？」

「我不知道，」大頭說，「但這就是我的回答。除非壞巫婆死了，否則妳永遠也見不到自己的叔叔嬸嬸。妳要記住，她是個邪惡巫婆，非常非常邪惡，所以非除掉不可。現在去吧，在完成任務前，不要再來見我。」

桃樂絲難過離開觀見室，回到獅子、稻草人跟錫樵夫等她的地方，大家都想聽聽奧茲跟她說了些什麼。

「我沒有希望了。」她傷心地說，「奧茲不會送我回家，除非我先殺掉西方壞巫婆，而我永遠也不可能辦到。」

她的朋友們都覺得很難過，但什麼忙也幫不上。桃樂絲回到自己的房間，躺在床上哭到睡著。

隔天早上，綠鬍子士兵來見稻草人，並說：

「跟我來吧，奧茲要召見你。」

稻草人跟著他走，並獲准進入觀見室，他看見一位美麗絕倫的女士坐在翡翠王座上。身穿綠色絲質薄紗，飄逸的綠髮上戴了頂寶石王冠。她的肩膀上有一對色彩豔麗的翅膀，看起來非常輕盈，好像連最輕微的氣息都能令這雙翅膀飄動。

稻草人在這位美人面前，盡可能彎曲塞滿稻草的身軀行禮鞠

躬。她用和藹的眼神看著他說：

「我是偉大又可怕的奧茲。你是誰？為什麼要來見我？」

本來預期會見到桃樂絲口中那顆大頭的稻草人非常驚訝，但仍勇敢地回答：

「我只是個塞滿了稻草的稻草人。我沒有頭腦，所以我來見你，懇求你能讓我的頭有腦子而不是稻草，讓我能夠變得和你國土上的其他人一樣。」

「我為什麼要幫你？」女士問。

「因為你睿智又強大，除你之外沒有人幫得了我。」稻草人回答說。

「我從來不做沒有回報的事。」奧茲說，「我頂多只能答應你，如果你幫我殺掉西方壞巫婆，我就會賜予你很多很多的好腦子，這樣你就會成為奧茲國最聰明的人。」

「你不是已經要桃樂絲去殺巫婆了嗎？」稻草人吃驚地說。

「沒錯。誰殺都一樣。但除非她死了，否則我不會實現你的願望。現在去吧，在有資格得到你深切渴望的腦子以前，不要再來見我。」

稻草人哀傷地回到朋友身旁，告訴他們奧茲說了些什麼。桃樂絲很訝異得知，偉大的巫師竟然不是她見過的那顆頭，而是美麗的女士。

「都一樣。」稻草人說，「她跟錫樵夫一樣，都很需要一顆心。」

隔天早上，綠鬍子士兵來見錫樵夫，並說：

「跟我來吧，奧茲要召見你。」

錫樵夫跟著他來到宏偉的觀見室。他不知道自己看到的奧茲會是美麗的女士還是一顆頭，但他希望是美麗的女士。「因為，」他對自己說，「如果他是一顆頭，那麼我很確定自己拿不到心，因為頭自己都沒有心了，當然不會同情我。但如果是那位美麗的女士，我就會努力懇求她賜給我一顆心，據說所有女士都擁有仁慈的心。」

可是當錫樵夫進入宏偉的觀見室時，看見的不是頭，也不是女士，奧茲變成了一頭非常可怕的野獸。體型幾乎跟大象一樣大，綠色的王座看起來幾乎撐不住牠的重量。野獸有一顆長得像犀牛的頭，不過上面長了五顆眼睛。身上長了五隻長長的手，和五條又長又細的腿。全身覆滿濃密毛髮，很難想像會有其他怪獸比牠更可怕。幸好錫樵夫沒有心，否則一定會恐懼到心臟怦怦狂跳。但樵夫是錫做的，所以他一點也不害怕，只是覺得很失望。

「我是偉大又可怕的奧茲。」野獸以嘶吼的聲音說。「你是誰？為什麼要來見我？」

「我是一個用錫做成的樵夫，所以我沒有心，無法去愛人。

懇求你賜給我一顆心，讓我能夠跟其他人一樣。」

「我為什麼要幫你？」野獸質問他。

「因為我提出了請求，而這個請求只有你有辦法完成。」樵夫回答。

聽到這句話，奧茲低吼了一聲，粗暴地說：「如果你想要一顆心，就要努力去得到。」

「我該怎麼做呢？」錫樵夫問。

「幫忙桃樂絲殺死西方壞巫婆。」野獸回答。「巫婆死了再來找我，到時候我會給你一顆奧茲國裡最大、最體貼、最仁慈的心。」

錫樵夫只好哀傷地回到朋友身邊，告訴他們自己見到的可怕野獸。他們都很驚訝，沒想到這位偉大巫師居然可以化身這麼多形體。後來獅子就說：

「我去見他的時候，如果他化身成野獸，我會發出最大聲的吼叫讓他害怕，這樣他就會答應我所有的願望。如果他變成漂亮女士，我會作勢要朝她撲過去，強迫她照我的要求去做。而如果他是一顆大頭，就必須任我擺布，因為我會把那顆頭放在房裡滾來滾去，直到他答應給我們想要的東西為止。所以開心一點吧，我的朋友，一切都會很順利的。」

隔天早上，綠鬍子士兵把獅子帶到宏偉的觀見室外面，叫他

進去見奧茲。

獅子立刻進門四處張望，卻訝異地發現，王座前面有一顆火球，熊熊火焰射出強烈光芒，讓他幾乎無法逼視。一開始，他以為奧茲可能不小心著了火，燒了起來。可是等他試圖靠近，那個高溫卻微微烤焦了他的鬍鬚，他只好抖著身子爬回門邊。

接著，火球發出低沉平和的聲音說道：

「我是偉大又可怕的奧茲。你是誰？為什麼要來見我？」

獅子回答：「我是一隻很膽小的獅子，什麼都怕。我來見你，是為了懇求你賜予我勇氣，讓我能成為名副其實的萬獸之王。」

「為什麼我要賜給你勇氣？」奧茲質問。

「因為在所有巫師裡，你是最偉大的，只有你能夠實現我的願望。」獅子回答。

火球熊熊燃燒了一陣子，然後發出聲音說：「把壞巫婆已死的證據帶來給我，我就會立刻賜給你勇氣。只要那巫婆還活著，你就只能當個膽小鬼。」

獅子聽到這番話很生氣，可是也無法反駁。他原本靜靜站著盯著火球看，但後來火球變得非常燙，他只好轉身逃出房間。他很高興看見朋友都在等他，就說出了和巫師會面的恐怖過程。

「現在該怎麼辦呢？」桃樂絲難過地問。

「只有一件事能做了。」獅子回答，「我們得去溫基國找出壞巫婆，消滅她。」

「但如果我們做不到呢？」小女孩說。

「我就永遠不會有勇氣了。」獅子表示。

「我就永遠不會有腦子了。」稻草人接著說。

「我就永遠不會有心了。」錫樵夫說。

「我就永遠也見不到愛姆嬸嬸跟亨利叔叔了。」桃樂絲說完哭了起來。

「小心！」綠色少女大叫。「眼淚會滴在妳的綠色絲質長袍上，留下污點的。」

於是桃樂絲擦乾眼淚說：「我想我們得試試看。但我很確定，就算為了再次見到愛姆嬸嬸，我也不想殺死任何人。」

「我會跟妳去。可是我實在太膽小了，沒辦法殺巫婆。」獅子說。

「我會去。」稻草人表示，「但我很笨，應該幫不上多少忙。」

「我連敢去傷害巫婆的心都沒有。」錫樵夫說，「但如果妳要去，我一定會陪著妳。」

因此大家決定隔天一早就出發。錫樵夫用綠色磨刀石把斧頭磨利，並且把所有關節都上好油。稻草人把新鮮稻草塞進體內，

桃樂絲幫他把眼睛畫上新顏料，讓他能看得更清楚。對他們非常親切的綠色少女，則把很多好吃的東西裝滿桃樂絲的籃子，還用綠色緞帶在托托的脖子上綁了個小鈴鐺。

　　他們早早就上床，熟睡到天亮。直到宮殿後院的綠公雞發出喔喔啼聲，以及母雞下綠蛋時咕咕叫，他們才醒過來。

12

尋找壞巫婆

　　綠鬍子士兵引導他們穿過翡翠城的街道，直到抵達守門人住的房間。守門人幫他們解開眼鏡的鎖，把眼鏡放回大箱子裡。接著禮貌地為我們這些朋友打開大門。

　　「哪一條路可以通到西方壞巫婆那裡？」桃樂絲問。

　　「沒有路可以去。」守門人回答。「從來沒人想去找她。」

　　「既然這樣，我們要怎麼找到她呢？」女孩問。

　　「很簡單。」守門人回答，「只要知道你們進了溫基國，她就會來找你們，好將你們都變成她的奴隸。」

　　「也許她不會來找我們。」稻草人說，「畢竟我們是要去消滅她。」

　　「噢，那就是另外一回事了。」守門人說。「從來沒人消

滅過她，我自然認為她會把你們抓去當奴隸，因為她對其他人就是如此。你們要保重，她邪惡又殘忍，恐怕不會讓你們輕易消滅她。只要往西邊太陽落下的地方一直走，一定可以找到她。」

他們跟守門人道謝並道別後，便往西走，穿過一片片點綴著雛菊及金鳳花的柔軟草地。桃樂絲依然穿著在宮殿裡套上的漂亮絲質長袍，但此時卻意外發現長袍不再是綠色，而是純白色。托托脖子上的緞帶也失去了原先的綠色，變成了跟桃樂絲的衣物一樣的白色。

翡翠城很快就被拋在後面。他們越往前走，路面就越崎嶇不平。西方這邊既沒有農田也沒有房屋，土地完全未開墾。

到了下午，太陽把他們的臉曬得熱烘烘，因為這裡沒有樹木可以遮蔭。晚上還沒到，桃樂絲、托托跟獅子都已經累了，躺在草地上睡著，樵夫跟稻草人則在一旁看守。

話說西方壞巫婆雖然只有一隻眼睛，視力卻跟望遠鏡一樣好，哪裡都看得到。她坐在城堡門口，碰巧正四處張望，就看見了躺著睡著的桃樂絲，以及她身旁的朋友們。他們距離城堡很遙遠，但壞巫婆很氣他們闖進她的領土，於是就吹響了掛在脖子上的銀哨子。

立刻有一群大狼從四面八方奔向她。牠們有四隻長腿、眼神兇猛，還有銳利的牙齒。

「去找那些人，」巫婆說，「把他們撕成碎片。」

「妳不打算把他們變成妳的奴隸嗎？」狼首領問。

「不要。」她回答，「一個是錫做的，一個是稻草做的；一個是女孩，另外還有一隻獅子。沒有一個適合做工，你們可以把他們都撕成碎片。」

「很好。」狼首領說完就全速跑開，其他狼群則跟在後頭。

幸好稻草人跟錫樵夫醒著，他們聽見了狼群靠近的聲音。

「我來應戰。」錫樵夫說，「躲到我後面，牠們過來時，由我來對付牠們。」

他抓緊鋒利的斧頭，狼首領一靠近，錫樵夫便手臂一揮砍下牠的頭，狼首領立刻死了。他才剛舉起斧頭，另一匹狼又過來了，同樣死在錫樵夫鋒利的斧頭下。現場共有四十匹狼，錫樵夫揮動了四十次斧頭，最後，牠們的屍體全在樵夫面前堆成小山。

錫樵夫放下斧頭，在稻草人身旁坐下。稻草人對他說：「這一仗打得漂亮，朋友。」

他們一直等到隔天早上桃樂絲醒來。看見一大堆毛茸茸的狼屍體，小女孩很害怕，但錫樵夫把事情的經過都跟她說了。她感謝他救了大家，接著就坐下來吃早餐，吃飽以後他們又繼續上路。

同一個早晨，壞巫婆來到城堡門邊，用她那隻能看得很遠的

獨眼往外瞧。她
看見所有的狼都死
了，那群陌生人依舊在穿
越她的領土。她變得更生氣
了，於是吹了兩次銀哨子。

一大群野烏鴉立刻朝她飛過來，
數量多到遮蔽了天空。

壞巫婆對烏鴉王說：「立刻飛去找那群

陌生人。啄掉他們的眼睛，把他們撕成碎片。」

　　一大群野烏鴉朝著桃樂絲及她的夥伴飛去。看見這一群烏鴉，小女孩很害怕。

　　可是稻草人說：「我來應戰。在我身邊趴下，你們就不會受傷。」

　　於是除了稻草人，其他人全都趴在地上。稻草人站得筆直，伸長雙臂。烏鴉群看到他都很害怕，因為牠們平常就很怕稻草人，所以不敢再靠近。可是烏鴉王說：

　　「只不過是個稻草人而已。看我來啄掉他的眼睛。」

　　烏鴉王朝著稻草人飛過去，只見稻草人一把抓住烏鴉王的頭，扭斷脖子殺死了牠。接著另一隻烏鴉朝他飛過去，稻草人同樣扭斷牠的脖子。現場共有四十隻烏鴉，稻草人扭斷了四十個脖

子，最後，所有烏鴉都死在他身旁。然後他叫夥伴們站起來，大夥再次踏上旅程。

壞巫婆再次往外看，發現所有的烏鴉都死了，堆成一座小山，她氣壞了，於是吹了三次銀哨子。

空中馬上傳來響亮的嗡嗡聲，一大群黑蜜蜂朝她飛過來。

「去找那些陌生人，把他們都螫死！」巫婆下了命令，蜂群立刻掉頭，急速飛到行走中的桃樂絲跟她的朋友身旁。但錫樵夫早就注意到這群蜜蜂，而稻草人也想好要怎麼應對。

「把我身體裡的稻草拿出來，撒在小女孩、小狗，還有獅子的身上。」他對樵夫說，「這樣蜜蜂就螫不到他們。」錫樵夫照做了，抱著托托的桃樂絲跟獅子緊緊靠在一起，稻草把他們全都蓋住。

蜜蜂來了，發現現場只有錫樵夫可螫，便全都朝他飛過去，但一螫到錫皮，牠們的刺就斷了，樵夫卻一點傷也沒有。而蜜蜂一旦沒有刺，便活不下去，所以這群黑蜜蜂就這麼死了。牠們紛紛落下，在錫樵夫四周散落成厚厚一層，就像小堆小堆的煤炭。

桃樂絲跟獅子站起身，小女孩幫錫樵夫把稻草都塞回稻草人身上，讓他恢復原狀。然後他們再次上路。

看到黑蜜蜂的屍體疊得像煤炭堆，壞巫婆氣得跺腳扯頭髮，咬牙切齒。隨後，她叫來十二個溫基人奴隸，發給他們鋒利的長

矛，要他們去消滅掉那些陌生人。

　　溫基人並不勇敢，但他們必須聽從巫婆的命令。他們邁開大步來到桃樂絲附近，獅子大吼一聲跳到他們面前，可憐的溫基人嚇死了，拔腿就跑。

　　回到城堡後，他們被壞巫婆用皮帶抽了一頓，然後要他們回去工作。接著她坐下來，思考接下來該怎麼做。她不明白，為什麼消滅那群陌生人的計畫全都失敗，但她是個法力高強的巫婆，也夠狠毒，因此很快就決定好要怎麼行動。

　　她的櫥櫃裡有一頂金帽，上面鑲著一圈鑽石跟紅寶石。這頂金帽具有魔力，擁有它的人可以召喚飛天猴三次，牠們會服從任何指令。但任何人都只能命令這種奇特的生物三次。壞巫婆已經使用過這頂帽子的魔力兩次了。第一次，她讓溫基人成為了她的奴隸，讓自己得以統治他們的國家。飛天猴幫她達成了這個願望。第二次，她用來跟偉大的奧茲對抗，把他趕出了西方。飛天猴也幫她達成了這個願望。這頂金帽只能再用一次，除非其他魔法都沒辦法再用，否則她其實不想再用這最後一次。可是如今，她兇猛的狼群、野烏鴉、螫人蜂都沒了，而她的奴隸又被膽小獅嚇跑了，她因此發現，想要消滅桃樂絲跟她的朋友，這是最後的辦法了。

　　於是，壞巫婆從櫥櫃拿出金帽戴在頭上，接著用左腳站立，

慢慢地說：

「艾－普，帕－普，卡－克！」

然後改用右腳站立，並說：

「西－羅，猴－羅，哈－羅！」

在那之後，她用兩腳站立，口中大叫：

「急－急，主－急，急－克！」

咒語開始生效。天空變得陰暗，空中傳來低沉的隆隆聲。許多翅膀在拍動，許多人在大聲談笑，太陽從陰暗的天空露出，看得出壞巫婆被一大群猴子包圍，每隻猴子肩膀上都有一雙巨大有力的翅膀。

一隻體型比其他同類還大的猴子似乎是首領。牠飛近巫婆身邊說：「這是妳第三次召喚我們，也是最後一次了。妳有什麼吩咐？」

「去找入侵我領土的那些陌生人，除了獅子以外，把其他人都消滅掉。」壞巫婆說。「把那隻獅子抓來給我，我要把他當成馬來用，還要逼他做苦工。」

「遵命。」猴王說。接著，在一陣嘈雜談話聲與噪音之中，飛天猴朝著行走中的桃樂絲和朋友們飛去。

一些猴子抓住了錫樵夫，飛到一片滿布尖石的田野上方。可憐的樵夫就這樣被丟下來，落到尖銳的石頭上，嚴重毀損，他躺

在石頭上，既不能動也叫不出聲。

另一些猴子則抓住稻草人，用長長的手指把他衣服跟頭部裡的稻草統統扯出來。還把他的帽子、鞋子跟衣物綁成一小包，丟到一棵大樹的樹梢上。

剩下的猴子把一條條粗壯的繩子往獅子身上丟，一圈又一圈地纏住他的身體、頭跟四肢，直到他不能咬、不能抓，也沒辦法再掙扎為止。牠們把他拉起來，帶著他飛往巫婆的城堡，把他關進一個四周立著高聳鐵圍欄的小院子裡，讓他逃不出來。

可是牠們不敢傷害桃樂絲分毫。她抱著托托站著，眼看夥伴們遭遇悲慘，心想很快就要輪到自己了。飛天猴的首領朝她飛過去，伸出長毛手臂，臉上掛著猙獰的微笑，卻看見好巫婆在她額頭上留下的吻痕，立刻停了下來，作勢要其他猴子別碰她。

「我們傷不了這個小女孩。」他對其他猴子說，「她受到善良力量保護，那比邪惡的力量還強大。我們只能把她帶到壞巫婆的城堡，把她留在那裡。」

牠們輕柔小心地抱起桃樂絲，迅速帶她飛過天空回到城堡，把她放在前門的門階上。猴王對著巫婆說：

「我們已經盡力完成了妳的吩咐。錫樵夫跟稻草人已被摧毀，獅子也被綑綁關在妳的院子裡了。但我們不敢傷害那個小女孩和她懷裡那隻狗。我們不再受到妳的束縛，妳再也不會見到我

們。」

隨即，飛天猴群發出巨大的喧鬧聲與噪音，飛上天空，很快就從視線中消失。

看見桃樂絲額頭上的吻痕時，壞巫婆既訝異又擔心。她清清楚楚地知道，飛天猴或她自己都不敢傷害這個女孩分毫。她往下看到桃樂絲腳上那雙銀鞋，開始害怕得發抖，因為她知道那雙鞋子的魔力有多強大。一開始，巫婆很想從桃樂絲身旁逃開，但她碰巧看到這孩子的眼神，看出那雙眼睛背後藏著多麼單純的靈魂，而那個小女孩根本不知道銀鞋賦予了她多強大的法力。於是壞巫婆自顧自笑了起來，心想：「我還是可以把她變成我的奴隸，因為她不知道如何運用自己的力量。」接著，她用嚴厲又冷酷的語氣對桃樂絲說：

「跟我來，我說什麼妳都要記住。要是不聽話，我就讓妳跟錫樵夫和稻草人有一樣的下場，連命都保不住。」

桃樂絲跟著她穿過城堡裡許多漂亮房間，來到一間廚房。巫婆命令她把鍋子跟水壺刷乾淨、清掃地板、往灶裡添柴薪，不能讓火熄滅。

桃樂絲乖乖工作，並下定決心要賣力做事，因為她很慶幸壞巫婆決定不殺死她。

看到桃樂絲賣力工作，巫婆便到院子去，想把勒馬的韁繩套

在膽小獅身上。如果能讓他拉著她的雙輪馬車載她四處去，肯定很快活。可是巫婆一打開柵門，獅子就大吼一聲，兇猛地朝她撲過去。巫婆嚇死了，趕忙逃了出去，再次關上柵門。

「你不讓我套上韁繩，」巫婆從柵門縫隙對著獅子說，「我就餓死你。除非照我說的話去做，否則你什麼都沒得吃。」

之後，巫婆不再給關起來的獅子東西吃。可是每天中午她都會到柵門前問獅子：「你要像匹馬兒那樣，讓我套上韁繩了嗎？」

而獅子總是回答：「休想。妳敢進來，我就咬妳。」

獅子膽敢違抗巫婆，是因為每天晚上巫婆睡著以後，桃樂絲就會從櫥櫃裡拿東西來給他吃。吃完以後，他會趴在稻草鋪成的床上，桃樂絲則在他身旁躺下，把頭枕在柔軟蓬鬆的鬃毛上，兩人會聊聊彼此遇到的困境，並想著要如何逃出這裡。但他們怎麼也想不到逃離城堡的辦法，因為城裡隨時都有黃色的溫基人在看守。他們都是壞巫婆的奴隸，很怕她，絕對不敢違抗她的命令。

女孩白天都要努力工作，巫婆手裡總拿著一把舊雨傘，常常威脅要用雨傘打她。但其實桃樂絲額頭上有吻痕，巫婆根本不敢攻擊她。但小女孩並不知道這件事，總是滿心害怕巫婆會傷害她跟托托。有一次，巫婆用雨傘打了托托一下，那隻勇敢的小狗立刻飛撲過去，咬了她的腳。巫婆被咬到的地方沒有流血，因為她

實在太邪惡了，所以好久好久以前，她的血就已經乾涸了。

桃樂絲漸漸明白，自己要回到堪薩斯、回到愛姆嬸嬸身旁的希望，變得越來越渺茫，因此每天都非常傷心。有時候她會痛哭好幾個小時。這時候，坐在她腳邊的托托就會看著她，發出絕望的哀叫聲，表示他對小主人的境遇也感到十分難過。只要能夠跟桃樂絲待在一起，托托並不在乎自己是住在堪薩斯或奧茲國，可是他知道小女孩不快樂，也就跟著不快樂。

另一方面，壞巫婆非常想要女孩總穿在腳上的銀鞋。她的蜜蜂、烏鴉、狼群，早就疊成一堆堆屍體乾掉了，她也用光了金帽的法力，可是只要得到銀鞋，她就能夠擁有比失去的更強大的法力。壞巫婆仔細觀察桃樂絲，看她什麼時候會把鞋脫掉，想說或許可以用偷的。但女孩對自己的漂亮鞋子非常自豪，白天從來不脫下，只在睡覺跟洗澡時會脫鞋。巫婆怕黑，不敢入夜後進桃樂絲的房裡偷鞋，而她更怕水，所以桃樂絲洗澡的時候從不靠近。事實上，這個老巫婆從來都沒碰過水，也從未讓一滴水沾到自己身上。

但心狠手辣的巫婆非常狡猾，終於想到能夠獲得銀鞋的伎倆。她在廚房地板上擺了一根鐵棒，並施魔法讓人類的肉眼看不見。桃樂絲在廚房裡走動時，根本看不見鐵棒，整個人就被絆倒趴在地上。她沒受什麼傷，但銀鞋掉了一隻。還來不及伸手去

拿，巫婆就一把拿走，套在自己瘦巴巴的腳上。

　　邪惡巫婆對計策奏效很得意，只要得到一隻鞋，就等於擁有銀鞋一半的法力，如今就算桃樂絲知道如何運用銀鞋的魔法，也無法用來對付巫婆了。

　　小女孩看見漂亮鞋子被巫婆搶走一隻，生氣極了，就對巫婆說：「把鞋子還我！」

　　「不要。」巫婆回嘴，「現在這是我的鞋子，不是妳的了。」

　　「妳這個壞東西！」桃樂絲大叫。「沒有資格搶我的鞋。」

　　「不管怎樣，我都不會還妳。」巫婆嘲笑她，「而且總有一天，我也會拿到妳腳上的另一隻。」

　　桃樂絲聽了氣得火冒三丈，順手抓起旁邊一桶水，就往巫婆身上潑，把她從頭到腳都淋溼了。

　　巫婆立刻害怕得大叫，桃樂絲驚訝地看到她逐漸縮小，慢慢消失。

　　「看看妳幹了什麼好事！」她尖叫。「我馬上就要融化了。」

　　「對不起，對不起啦。」看到巫婆在眼前像黑糖一樣慢慢融化，桃樂絲非常驚慌。

　　「妳難道不知道，水會殺死我嗎？」巫婆絕望地哀號。

「當然不知道啊，」桃樂絲回答。「我哪會知道啊？」

「唉，幾分鐘以後，我就會融化光光了，這城堡以後就是妳的了。以前我不知道做過多少壞事，但怎麼也沒想到妳這樣的一個小女孩，居然有辦法把我融化，讓我沒辦法再胡作非為。看清楚──我要消失啦！」

講完這些話，巫婆就像一團融化的褐色東西倒了下去，在乾淨的廚房地板上擴散開來。看見她融化消失後，桃樂絲又去裝了一桶水，往那灘東西潑下去，並且用掃把把髒水都掃到外面去。老巫婆只留下那隻銀鞋。桃樂絲把鞋

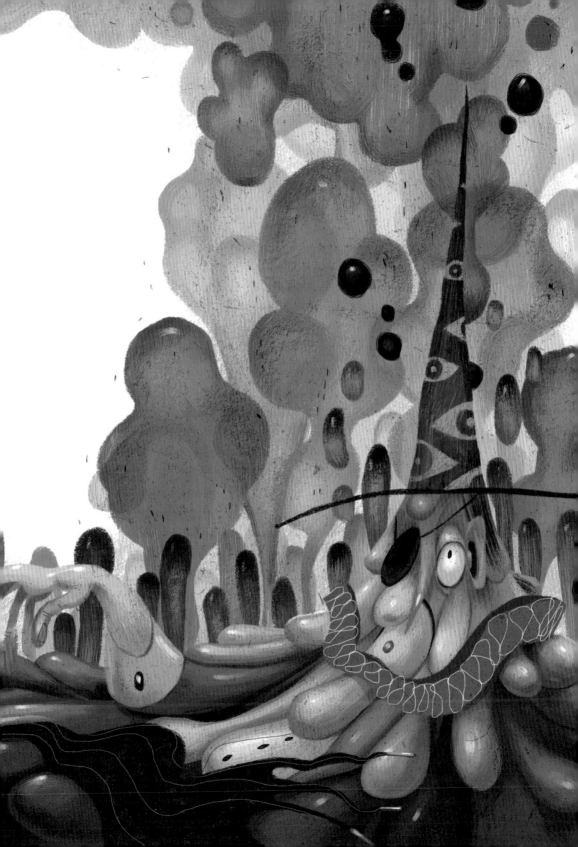

子撿起來洗乾淨，用布擦乾後，穿回自己腳上。終於重獲自由以後，她跑到院子去，告訴獅子西方壞巫婆已經一命嗚呼，他們總算可以離開這個異地了。

13

解救同伴

　　聽見壞巫婆被一桶水給融化了，膽小獅非常開心。桃樂絲立刻打開柵門放獅子出來。他們一起走進城堡，桃樂絲做的第一件事，就是把所有溫基人都叫過來，告訴他們全都自由了。

　　黃色的溫基人全都欣喜若狂。他們在壞巫婆手下做了好多年苦工，壞巫婆對待他們的方式慘無人道。從此以後，這天就成為他們的節日，他們會在這天吃喝跳舞來慶祝。

　　「如果我們的朋友稻草人跟錫樵夫也在這裡，」獅子說，「我會更開心。」

　　「我們不能去救他們嗎？」小女孩焦急地問。

　　「我們可以試試看。」獅子回答。

　　於是他們叫來黃色的溫基人，問溫基人是否願意幫忙拯救他

們的朋友，溫基人說桃樂絲讓他們重獲自由，他們樂意盡一切力量來幫忙。於是她挑選了幾個看起來最聰明的溫基人，立刻動身出發。他們整整走了一天，第二天也走了好幾個鐘頭，才來到錫樵夫所在的岩石曠野。錫樵夫身上滿是凹痕，斧頭在他身邊，可是斧刃已經生鏽，斧柄也折斷了。

溫基人輕輕用手把他抬起來，把他帶回黃色城堡。看見老朋友變成這副模樣，桃樂絲流下了幾滴眼淚，獅子的神情也嚴肅又難過。抵達城堡以後，桃樂絲對溫基人說：

「你們裡面有錫匠嗎？」

「喔，有啊。我們有幾個很棒的錫匠喔。」他們告訴她。

「那就叫他們過來。」她說。幾個手拿工具籃的錫匠到達現場以後，桃樂絲問他們：「你們能把錫樵夫身上的凹洞敲平，把彎曲的地方拉直，把裂開的地方接回去嗎？」

那些錫匠仔細看了看樵夫，然後回答說，他們認為應該可以修好，讓他回復原本的樣貌。於是他們在城堡一間巨大的黃色房間裡動工，忙了整整三天四夜，經過敲打、扭彎、焊接、磨亮，用力敲擊錫樵夫的雙腿、身軀跟頭顱，終於把他恢復成老樣子，關節也跟以前一樣靈活。準確來說，他身上多貼了幾塊修補用的錫皮，但是錫匠的手藝很好，而樵夫也不是個虛榮的人，一點也不在意身上多了那些修補痕跡。

最後錫樵夫總算能走進桃樂絲的房間，感謝她來救自己，他非常高興地流下幾滴開心的淚水，桃樂絲小心翼翼地用圍裙把每滴眼淚都擦乾淨，這樣樵夫的關節才不會生鏽。而桃樂絲自己的眼淚也啪答啪答快速滴落，因為能夠再見到老朋友實在太開心了，而且她不用急著擦掉眼淚。獅子則不斷用尾巴末端擦眼淚，弄到整個溼答答，只好到院子裡讓太陽曬乾尾巴。

　　「要是稻草人也能跟我們重聚，」聽完桃樂絲講述發生的一切，錫樵夫說道：「我會更開心。」

　　「我們一定要試著找到他。」女孩說。

　　於是她找溫基人來幫忙。他們整整走了一天，第二天也走了好幾個鐘頭，才來到一棵大樹底下。之前，飛天猴就是把稻草人的衣服丟在這棵樹的樹梢上。

　　這棵樹非常高大，樹幹很光滑，沒有人爬得上去。可是樵夫立刻說：「我來砍倒這棵樹，這樣就能拿到稻草人的衣服了。」

　　在溫基人錫匠幫樵夫修理身體時，另一名金匠用純金打造了斧柄，換掉了折斷的舊柄。其他人則把生鏽的斧刃磨得閃亮耀眼，簡直就像擦亮的銀器一樣。

　　話一說完，錫樵夫就開始砍樹，沒多久樹就應聲倒下，稻草人的衣服也從樹枝上掉下來，滾到地上。

　　桃樂絲撿起了衣服，讓溫基人帶回城堡去，他們在衣服裡面

塞滿乾淨的上好稻草。瞧！稻草人回來了，他一次又一次地感謝大家救了他。

如今他們重聚了，桃樂絲跟朋友們在黃色城堡裡度過了幾天快樂時光。城堡裡很舒適，他們需要什麼統統都有。

可是有一天，小女孩想起了愛姆嬸嬸，於是說：「我們得回去找奧茲，要他實踐自己的諾言。」

「沒錯，」樵夫說，「我終於要有自己的心了。」

「我終於要有自己的腦子了。」稻草人開心地接著說。

「我終於要有自己的勇氣了。」獅子若有所思地說。

「我終於可以回去堪薩斯了。」桃樂絲拍手大叫。「噢，明天我們就出發前往翡翠城吧！」

他們都立下了決心。隔天，他們把所有的溫基人都叫過來，跟他們道別。溫基人聽到他們要離開都很難過，而且他們非常喜歡錫樵夫，還求他留下來統治他們，治理這片西方的黃色土地。知道他們非走不可以後，溫基人給了托托跟獅子各一只金項圈；送給桃樂絲一只點綴著鑽石的美麗手鐲；給了稻草人一根金柄手杖，這樣他走路就不會跌倒；還送給錫樵夫一個銀油罐，上面鑲著黃金及珍貴的寶石。

他們輪流向溫基人表達最誠摯的謝意，一一跟他們握手道別，握到手臂都發疼了才停下。

桃樂絲把巫婆櫥櫃裡的食物裝到籃子裡，以供旅途所需，還看到了那頂金帽。她戴起來試試，發現大小很剛好。她完全不知道金帽本身的魔力，只是覺得很漂亮，便決定改戴這頂，將原本的遮陽帽放進籃子裡。

　　做好旅行準備以後，他們就向翡翠城出發了。溫基人為他們歡呼了三次，並給予許許多多的祝福。

14
飛天猴

你們一定記得，壞巫婆的城堡與翡翠城之間沒有道路相連，連一條小徑也沒有。四名旅人來找巫婆時，她看到他們來了，就派飛天猴把他們抓過去。相較於被飛天猴抓走，要穿越那一大片又一大片長滿金鳳花及黃色雛菊的田野困難多了。當然，他們知道自己要朝正東的方向走，面向升起的太陽，朝著正確的方向出發。可是到了中午，太陽高掛在頭上時，他們就沒辦法分辨到底哪邊是東，哪邊是西了，因而在廣大的田野裡迷了路。然而他們仍然繼續走，到了晚上，月亮把周圍照得很明亮。他們便在散發著甜美花香的黃色花叢中躺下，一覺睡到天亮，只有稻草人跟錫樵夫醒著。

隔天早上，太陽被雲層遮住，但他們還是出發了，彷彿他們

很確定自己該往哪裡走。

「只要走得夠遠，」桃樂絲說，「我想我們一定會找到某個地方。」

可是一天又一天過去，除了黃色的田野，他們什麼也沒看見。於是稻草人開始有點抱怨。

「我們一定是迷路了。」他說，「要是再找不到前往翡翠城的路，我就永遠也得不到腦子了。」

「我也得不到心了。」錫樵夫表示。「我等不及要見到奧茲了，你必須承認，這段旅程非常漫長。」

「我跟你說，」膽小獅抽噎地說：「要是哪裡都到不了，我可沒有勇氣一直這樣走下去。」

桃樂絲也失去信心了。她在草地上坐下，看著夥伴們，他們也坐下來看著她。疲憊不已的托托發現，他這輩子第一次因為太累，沒有力氣去追逐飛過頭頂的蝴蝶。他伸出舌頭喘氣，看著桃樂絲，彷彿在問接下來該怎麼辦。

「如果我們召喚田鼠，」她提議。「說不定牠們可以告訴我們，要怎麼走去翡翠城。」

「絕對沒問題。」稻草人大叫。「之前怎麼沒想到呢？」

桃樂絲吹響了小哨子。田鼠女王給的這個哨子，她一直戴在脖子上。幾分鐘以後，他們聽見有急促小腳步聲靠近，許多灰色

小田鼠朝她跑過來。女王也在裡面，她吱吱地說：

「朋友們，有什麼需要我幫忙的嗎？」

「我們迷路了，」桃樂絲說，「妳可以告訴我們，翡翠城怎麼走嗎？」

「當然沒問題。」女王回答，「但離這邊很遠很遠喔，因為你們一直往相反的方向走。」然後她注意到桃樂絲的金帽，就說：「妳怎麼不利用金帽的魔力，召喚飛天猴來幫忙呢？不用一小時，他們就可以直接帶你們回到奧茲國。」

「我不知道帽子居然有魔力。」桃樂絲訝異地回答，「咒語是什麼呢？」

「寫在金帽的內側。」田鼠女王回答。「如果妳要召喚飛天猴，我們就得先走了。牠們喜歡惡作劇，覺得欺負我們很好玩。」

「牠們不會傷害我嗎？」女孩緊張地問。

「喔，不會啦。牠們必須服從帽子主人的命令。再見囉！」說完她便快步跑走，一下就不見蹤影，其他田鼠也跟在後面匆忙逃走。

桃樂絲看了看帽子內側，裡面果然寫了些什麼。她心想，那一定就是咒語了。仔細閱讀過後，她把帽子戴到了頭上。

「艾－普，帕－普，卡－克！」她用左腳站立，一邊念著。

「妳剛剛說什麼啊？」稻草人問，不知道她在做什麼。

「西－羅，猴－羅，哈－羅！」桃樂絲繼續念，這次換右腳站立。

「哈囉！」錫樵夫平靜地回答。

「急－急，主－急，急－克！」桃樂絲說，現在換成用雙腳站立。一念完咒語，就聽見大聲喧譁與翅膀拍動的聲音，一大群

飛天猴朝他們飛了過來。

猴王對著桃樂絲鞠躬行禮，並問道：「妳有什麼吩咐？」

「我們想去翡翠城，」女孩說，「但我們迷路了。」

「我們帶你們去。」猴王回答。話才剛說完，兩隻猴子就

托住桃樂絲的雙手，帶著她飛行。其他猴子托起了稻草人、樵夫跟獅子，一隻小猴子則抓住托托飛在後面，雖然小狗一直想去咬牠。

一開始，稻草人跟錫樵夫很害怕，他們還記得飛天猴之前是怎麼加害自己的，但這次發現飛天猴沒有惡意，他們便開心地在空中飛行，一邊欣賞遠在底下的漂亮花園及森林。

兩隻最大的猴子抬著桃樂絲，她覺得非常舒服。其中一隻就是猴王自己。牠們用手搭成椅子，小心避免傷到她。

「你們為什麼要服從這頂金帽的咒語呢？」她問。

「說來話長。」猴王笑著回答，「不過旅途還長，如果妳想聽，我就說出來解解悶吧。」

「我很想聽。」她回答。

「很早以前，」猴王說了起來，「我們快快樂樂、自由自在地住在一座大森林裡，在樹木之間飛來飛去，吃著堅果跟水果，隨心所欲，不必聽從任何人的命令。或許我們之中也有些猴子非常頑皮，會飛下去拉那些沒有翅膀的動物尾巴、追趕鳥兒，或對走進森林的人類丟堅果。可是我們無憂無慮、快快樂樂，每分每秒都很開心。這是好多年前的事情了，那時候奧茲還沒有從雲中降臨，治理這片土地。

「當時離這裡很遠的北方，住著一位美麗的公主，她也是

個法力強大的女巫師。但她的魔法全都用來幫助人，從不傷害善良的人。她的名字叫葛葉蕾，住在用大顆紅寶石蓋成的美麗宮殿裡。大家都很喜愛她，但是她卻覺得很悲傷，因為找不到可以愛的人。所有男人都又笨又醜，配不上如此美麗又睿智的她。然而有一天，她找到了一個男孩，這個男孩英俊、有男子氣概，智慧遠超過自身年齡。葛葉蕾決定，等這個男孩長大成人後，她要讓他當自己的丈夫。於是她把男孩帶到自己的紅寶石宮殿，運用所有法力讓他變得強壯、善良又體貼，任何女人看了都會一見鍾情。名叫克拉拉的男孩長大以後，聽說成為了全國最優秀又聰明的男人，模樣也十分俊俏，葛葉蕾深深愛上了他，便趕著籌備婚禮大小事。

「當時的飛天猴王是我祖父，他住在鄰近葛葉蕾宮殿的森林裡，比起一頓豐盛的晚餐，那個老傢伙更愛惡作劇。有一天，就在婚禮舉辦前夕，我祖父和一些夥伴飛出去，看見克拉拉在河邊散步。他身上穿著用粉紅絲綢和紫色天鵝絨做成的華麗服飾，我祖父想要測試他的能耐，就命令夥伴飛下去抓住克拉拉，飛到河中央把他扔進河裡。

「『快游出去啊，好傢伙！』我祖父大叫，『我想看看河水會不會弄髒你的衣服。』克拉拉那麼聰明，當然會游泳，而且也沒有被自己的好運氣給寵壞。他笑了笑，浮上水面，游上岸。可

是葛葉蕾跑出來找他，看見他的絲絨衣都被河水泡壞了。

「公主很生氣，她當然知道是誰幹的好事。她命人把所有的飛天猴都抓來。一開始，她說要把牠們的翅膀都綁起來，扔進河裡，讓他們也嘗嘗克拉拉受的罪。可是我祖父拚命求饒，因為他知道如果翅膀被綁，猴子會全都淹死，而且克拉拉也幫牠們求情，最後葛葉蕾決定饒過牠們，代價就是飛天猴從此以後都必須服從金帽主人的命令三次。這頂帽子是公主送給克拉拉的結婚禮物，據說製作費用很高昂，花費了王國的一半財富。當然，我祖父跟其他猴子立刻同意了這個條件，這就是為什麼我們必須跟奴隸一樣，服從金帽主人的命令三次，不管擁有者是誰都不例外。」

「後來他們兩人怎麼了呢？」桃樂絲問，她對這個故事很感興趣。

「克拉拉是金帽的第一任主人，」猴王回答，「第一個許願的人就是他。由於他的新娘不想再見到我們，因此跟她結婚以後，克拉拉就進入森林，把我們都叫出來，命令我們永遠不能出現在她面前。我們很樂意照辦，因為我們都很怕她。

「我們本來只奉行過那一次命令，直到後來金帽落入西方壞巫婆手中，她要我們奴役溫基人，把奧茲從西方趕走。如今金帽是妳的了，所以妳可以命令我們三次。」

猴王說完故事後，桃樂絲往下望，翡翠城閃亮亮的綠牆已經出現眼前。她沒想到飛天猴的速度居然這麼快，但也很高興旅程終於結束。這群不可思議的生物把旅人們輕輕放到城門面前，猴王對桃樂絲鞠躬後，就跟他的所有夥伴快速飛走。

　　「搭飛天猴過來真不錯。」小女孩說。

　　「沒錯，而且很快就讓我們脫離困境。」獅子回答。「幸好妳有帶走這頂神奇的帽子！」

15
發現可怕奧茲的真面目

　　四名旅人走到翡翠城的大門前，按下門鈴。門鈴響了幾聲以後，他們之前見過的那個守門人打開了城門。

　　「什麼！你們又回來了？」他驚訝地問。

　　「不就活生生在你眼前嗎？」稻草人回答。

　　「可是我以為你們去找西方壞巫婆了。」

　　「我們的確去找過她了。」稻草人說。

　　「她放你們走了嗎？」那人疑惑地問。

　　「她不得不，因為她融化了。」稻草人解釋說。

　　「融化了！哇，這真是個天大的好消息。」守門人說。「是誰把她融化的？」

　　「是桃樂絲。」獅子鄭重地說。

「天哪！」他大叫，然後向她深深一鞠躬。

守門人把他們帶進自己的小房間，從大箱子取出眼鏡，幫他們戴上後上鎖，就跟之前一樣。然後他們穿過大門，進入翡翠城。聽見守門人說，桃樂絲把西方壞巫婆融化了，民眾都聚到了這些旅人身邊，他們就在一大群人的簇擁下，來到奧茲的宮殿。

綠鬍子士兵一樣守在門前，但他立刻讓他們進門。同一位美麗的綠色少女前來接待他們，也立刻把他們一一帶到各自住過的房間，讓他們能夠好好休息，等待偉大的奧茲接見。

士兵馬上去跟奧茲報告，說桃樂絲跟她的夥伴已經消滅了壞巫婆回來了，可是奧茲毫無回應。他們以為偉大巫師會立刻召見，但他卻沒有這麼做。第二天、第三天、第四天過去了，依然等不到他的消息。漫長等待令人疲累，他們終於覺得受夠了，奧茲怎麼可以在派他們去受苦受難，還成了別人的奴隸以後，卻用這麼惡劣的態度對待他們。最後稻草人終於要求綠色少女帶另一個口信給奧茲，說他如果不馬上召見他們，就要召喚飛天猴來幫忙，看看他到底要不要遵守自己的諾言。接到這則口信，巫師嚇死了，就傳話說，請他們隔天早上九點四分到觀見室來。他曾在西方見過一次飛天猴，可不想再見到第二次。

四名旅人一夜無眠，每個人心裡都想著奧茲答應賜給自己的獎勵。桃樂絲只睡著一會兒，就夢見自己回到了堪薩斯，愛姆嬸

嬸還對她說，看見她的小女孩回到家，她真是太高興了。

隔天早上九點一到，綠鬍子士兵就來接他們。四分鐘以後，他們全都進了偉大奧茲的觀見室。

他們每個人都相信，這位巫師當然會以之前的形象現身，然而環視整個房間以後，他們卻非常驚訝地發現，房裡一個人也沒有。他們站在門口旁邊，彼此挨得很緊，安靜無人的空曠房間比奧茲的任何形象都要可怕。

這時，他們聽見了聲音，似乎是從大圓頂的方向傳來。那聲音嚴肅地說：

「我是偉大又可怕的奧茲。你們為什麼來見我？」

他們再次環視房內每個角落，卻誰也沒看見，於是桃樂絲問：「你在哪裡？」

「我無所不在，」那個聲音回答，「凡人的眼睛看不見我。我現在就要坐到王座上，你們可以跟我講話。」果然，在那之後，聲音似乎就變成從王座那邊發出來。於是他們朝王座走去，站成一排，桃樂絲說：

「奧茲，我們前來請求你實現諾言。」

「什麼諾言？」奧茲問。

「你答應過我，只要消滅掉壞巫婆，就會送我回堪薩斯。」女孩說。

「你答應過我，要賜給我腦子。」稻草人說。

「你答應過我，要賜給我一顆心。」錫樵夫說。

「你答應過我，要賜給我勇氣。」膽小獅說。

「壞巫婆真的被消滅了嗎？」那個聲音問，桃樂絲覺得它聽起來有點顫抖。

「對，」她回答，「我用一桶水把她融化掉了。」

「天哪，」那聲音說，「太突然了！好吧，明天來見我，我需要時間思考一下。」

「你已經有過很多時間了。」錫樵夫生氣地說。

「我們一天也不要多等。」稻草人說。

「你得要信守自己答應過的事！」桃樂絲大叫。

獅子打算好好嚇唬巫師一下，於是大吼了一聲。吼聲既兇猛又可怕，托托嚇得往旁邊跳開，撞倒了角落的屏風。屏風砰地倒下，眾人往那個方向看，都大吃一驚。因為他們看見屏風後面，藏著一個禿頭矮小的老人，滿臉皺紋，他臉上的表情就跟他們一樣驚訝。錫樵夫舉起斧頭，朝矮小的男人跑過去，大喊：「你是誰？」

「我是偉大又可怕的奧茲。」矮小男人用顫抖的聲音說。「可是不要攻擊我──拜託不要。你們叫我做什麼，我一定照辦。」

我們的朋友們既驚訝又沮喪地看著他。

「我以為奧茲是一顆大頭。」桃樂絲說。

「我以為奧茲是美麗的女士。」稻草人說。

「我以為奧茲是可怕的野獸。」錫樵夫說。

「我以為奧茲是一團火球。」獅子大叫。

「不，你們全都錯了。」矮小的男人用溫順的口吻說。「那都是我假裝的。」

「假裝的！」桃樂絲大叫。「你不是偉大巫師嗎？」

「噓，親愛的，」他說。「別那麼大聲，萬一別人聽見，我就完了。大家都以為我是偉大巫師。」

「難道你不是嗎？」她問道。

「完全不是，親愛的，我只是個普通人而已。」

「你不只是個普通人，」稻草人痛心地說，「還是個大騙子。」

「沒錯！」矮小的男人表示，同時摩挲著自己的手，彷彿很開心聽到這個稱謂。「我是個大騙子。」

「這樣太糟糕了。」錫樵夫說。「這下我要怎麼得到心呢？」

「我要怎麼得到勇氣呢？」獅子問。

「我要怎麼得到腦子呢？」稻草人邊哭邊用上衣袖子擦眼

淚。

「我親愛的朋友們，」奧茲說，「請不要提這些小事了。想想我如果被拆穿了，會有多麼可怕的麻煩。」

「都沒有其他人知道你是個大騙子嗎？」桃樂絲問。

「除了你們四個人以及我自己，沒有任何人知道。」奧茲回答。「我已經欺瞞了大家很長一段時間，本來想說永遠都不會被揭穿。但我萬萬不該讓你們進來覲見室。通常我連臣民都不見的，這樣子他們才會以為我是個可怕人物。」

「可是我不懂，」桃樂絲疑惑地說，「我來見你的時候，你是怎麼變成一顆大頭的呢？」

「那是我的把戲之一。」奧茲回答。「請到這邊來，我把祕密全都告訴你們。」

他帶他們進去覲見室後面一個小房間，指著一個角落，那裡放著那顆大頭，是用一層層紙做成的，還仔細畫上了人臉。

「我用鐵絲把這顆頭從天花板上垂吊下來。」奧茲說，「我站在屏風後面拉線，眼睛就會轉動，嘴巴就能開闔了。」

「不過聲音是怎麼發出來的呢？」桃樂絲問。

「噢，我會說腹語。」矮小的男人說。「我可以讓自己的聲音出現在任何地方，所以妳才會以為聲音是那顆頭發出來的。這裡還有其他用來欺騙你們的東西。」他給稻草人看自己喬裝成

美麗女士時，穿戴的服裝跟面具。而錫樵夫看到的可怕野獸，內部是一副支架，外面披上了用很多種獸皮縫起來的一層外皮。至於那顆火球，假巫師同樣把它吊在天花板上，其實那只是一顆棉球，倒油上去之後，就可以讓它猛烈地起火燃燒。

「真是的，」稻草人說，「你這個大騙子，真該為自己感到羞恥。」

「有啊，我當然有。」矮小男人哀傷地回答，「但我沒有其他選擇。請坐吧，這裡有很多張椅子，我這就把自己的遭遇告訴你們。」

於是他們坐下來，聽他訴說自己的身世。

「我是在奧馬哈出生的——」

「天啊，離堪薩斯不遠耶！」桃樂絲大叫。

「對啊，不過離這裡卻很遠。」他說，難過地朝她搖了搖頭。「長大以後，我成了一名腹語師。我的腹語術是跟一位大師學的，他的訓練很扎實。我可以模仿任何鳥類或野獸的聲音。」這時，他學小貓喵喵叫了幾聲，托托立刻豎起耳朵，四處張望，探尋貓咪的蹤影。「後來，」奧茲繼續說，「我厭倦了，就當起了熱氣球駕駛員。」

「那是做什麼的啊？」桃樂絲問。

「有馬戲表演的日子，熱氣球駕駛員就會搭著熱氣球飛到天

上，吸引群眾買票看馬戲團的演出。」他解釋說。

「喔，」她說，「我懂了。」

「事情是這樣發生的。有一天，我乘著熱氣球飛到空中，繩子卻纏成一團，害我沒辦法下去。氣球飛啊飛，飛到了白雲之上，被一陣氣流吹了好遠好遠，白天黑夜都在天上飛。第二天早上我醒來，發現氣球飄在一個奇特的美麗國家上空。

「氣球緩緩降落，我身上一點傷也沒有。但我發現自己被一大群奇怪的人圍繞。他們看見我從雲上降落，以為我是個偉大巫師。當然我沒有拆穿他們，因為他們很怕我，答應聽從我的所有命令。

「為了自我消遣，也為了讓這群善良的人有事情可以忙，我命令他們興建這座城市和我的宮殿，他們都很心甘情願，也蓋得很漂亮。後來我想，既然這個國家如此青翠美麗，那就把它取名為『翡翠城』好了，而為了讓這個名字更貼切，我要每個人都戴上綠色眼鏡，讓他們看到的一切都變成綠色的。」

「可是這裡的東西不都是綠色的嗎？」桃樂絲問。

「這裡的綠色東西並不比其他城市多。」奧茲回答，「可是戴上綠色眼鏡後，你看到的一切當然都成了綠色。翡翠城是許多年前蓋的，當年我還是個被熱氣球帶到這裡來的年輕人，現在的我卻是個老人了。而我的子民們長期以來都戴著綠色眼鏡，多數

人都認為這裡是貨真價實的翡翠之城，這裡的確也很漂亮，充滿各種寶石跟貴金屬，還有一切能讓人快樂的好東西。我對人民很好，他們也很喜歡我，可是自從這間宮殿蓋好以後，我就把自己關起來，不想見任何人。

「我最害怕的就是那些巫婆，雖然我沒有任何法力，但我很快就發現，那些巫婆真的可以做出很神奇的事。這個國家共有四個巫婆，她們分別統治住在東、西、南、北方的人民。幸好北方跟南方是善良的巫婆，我知道她們不會傷害我；可是東方跟西方的巫婆非常邪惡，要是她們覺得自己的法力比我強大，就一定會來消滅我。因此多年以來，我都活在極度的恐懼之中。所以，當我聽見妳的房子壓死了東方壞巫婆時，妳可以想見，我的心裡有多麼高興啊。你們來找我的時候，我心想只要可以幫我除掉另一個巫婆，我什麼都願意答應。可是現在，妳真的把她融化掉了，我卻必須慚愧地說，無法信守自己的諾言。」

「我覺得你這人真的很糟糕。」桃樂絲說。

「噢，不，親愛的，我其實是個很善良的人。不過我必須承認，自己的確是個很糟糕的巫師。」

「你就不能給我腦子嗎？」稻草人問。

「你不需要腦子。你每天都在學習新東西。嬰兒也有腦子，但他們知道的事情很少。唯有經驗能帶來知識，你活得越久，獲

得的經驗肯定越多。」

「你說的可能都對。」稻草人說，「但除非你給我腦子，不然我會非常不開心。」

假巫師認真地看著他。

「好吧。」他嘆了口氣說，「就像剛剛說的，我算不上什麼厲害巫師，但如果你明天早上來找我，我會幫你裝進一些腦子。不過，我沒辦法告訴你如何使用，你必須自己找出方法。」

「噢，感謝你，感謝你！」稻草人大喊。「我一定會找出方法的，別擔心！」

「那我的勇氣呢？」獅子焦急地問。

「我很確定你有足夠的勇氣，」奧茲回答。「你需要的只是自信。面臨危險時，任何生物都會恐懼。真正的勇氣，就是儘管心裡害怕，依然挺身面對危險，而你已經充分擁有這種勇氣了。」

「或許吧，可是我還是很膽小。」獅子說，「除非你給我能夠忘記害怕的勇氣，不然我真的會非常不開心。」

「好吧，我明天會給你那樣的勇氣。」奧茲回答。

「那我的心呢？」錫樵夫問。

「喔，關於那個嘛，」奧茲回答，「其實我覺得你不應該想要一顆心。人會不快樂，大多是因為心引起的。只要明白這個道

理，你就會慶幸自己沒有心。」

「那要看個人怎麼想。」錫樵夫說。「對我而言，只要你給我一顆心，我願意承受所有的不快樂，毫無怨言。」

「我懂了。」奧茲溫順地回答。「明天來找我，我會給你一顆心。我都扮演巫師那麼多年了，也不差再扮演一陣子。」

「那現在，」桃樂絲說，「我要怎麼回堪薩斯呢？」

「這件事情就得想想了，」矮小男人回答。「給我兩三天的時間，我會努力想出一個能夠帶妳橫越那片沙漠的辦法。住在宮殿這段時間，你們都是我的客人，我的子民都會服侍你們，服從你們的所有要求。我只求你們幫我一件事，就是替我嚴守祕密，不要告訴任何人我是個騙子。」

他們同意不把自己知道的事情說出去，然後就興高采烈地回到各自的房間。就連桃樂絲也暗自期望這位「偉大又可怕的騙子」（她是這麼稱呼他的）能夠找出辦法，送她回到堪薩斯。只要能辦到，她願意原諒他帶來的所有麻煩。

16
大騙子的魔術

　　隔天一早，稻草人對朋友們說：

　　「恭喜我吧。我終於要去跟奧茲拿腦子了。回來以後，我就會跟其他人一樣了。」

　　「我一直都很喜歡原來的你啊。」桃樂絲這麼說。

　　「妳人真好，竟然喜歡一個稻草人。」他回答，「可是等妳聽到我的新腦袋想出的絕妙點子，妳一定會更欣賞我。」然後他就開心地跟同伴們道別，前往觀見室。他敲了敲門。

　　「請進。」奧茲說。

　　稻草人走了進去，發現矮小的男人坐在窗邊，正在深思。

　　「我來拿自己的腦子。」稻草人有點不安地說。

　　「喔，對，請在那張椅子坐下。」奧茲回答。「等一下我得

先把你的頭拿下來，
還請見諒。如果不這
麼做，就沒辦法把腦
子裝在正確位置。」
　「沒問題。」稻
草人說。「儘管拿下

我的頭，只要裝一個更好的回來就行了。」

於是巫師卸下他的頭，清空裡面的稻草。接著他走進後面的房間，拿來一些麥麩，裡面混入了許多的大頭針跟縫衣針。他把那些東西搖勻，放進稻草人頭部的頂端，再用稻草把剩下的地方塞滿，加以固定。

把稻草人的頭裝回身體以後，他對稻草人說：「從此以後你就是個了不起的人了，因為我幫你裝了很多很多的新腦子囉。」

稻草人實現了畢生最大的心願，既高興又驕傲。他熱烈謝過奧茲後，回到朋友的身邊。

桃樂絲好奇地看著他。他的頭頂因為裝了腦子鼓起一大塊。

「你有什麼感覺？」她問。

「我覺得自己真的變聰明了。」他認真地回答。「等我習慣了新腦子，就會無所不知了。」

「為什麼你的頭上會冒出那些大頭針跟縫衣針啊？」錫樵夫問。

「那表示他的思維很銳利。」獅子說。

「好，我得去跟奧茲拿心了。」樵夫說。他走到覲見室前，敲了敲門。

「請進。」奧茲喊聲回應，樵夫走了進去說：「我來拿自己的心。」

「沒問題。」矮小男人回答。「但我得在你的胸口開個洞，才能把心放進正確位置。希望這麼做不會傷到你。」

「喔，不會啊。」樵夫回答。「我應該會毫無感覺。」

於是奧茲拿出一把錫匠用的大剪刀，在錫樵夫的左胸口剪出了一個方形小洞。然後從抽屜裡拿出一顆漂亮的心，那顆心是用絲綢做的，裡面塞了木屑。

「你看看，很漂亮吧？」他問。

「太漂亮了！」樵夫十分高興地回答。「但這顆心仁慈嗎？」

「噢，非常仁慈！」奧茲回答。他把心放進樵夫的胸口，再把那塊錫皮仔細地焊接回去。

「好啦，」他說，「現在你有了一顆人人都會自豪的心了。很抱歉得在胸口多焊一塊補丁，但這真的是不得已。」

「一點補丁不算什麼。」樵夫快樂地大叫。「真是太感謝了，我永遠不會忘記你的好意。」

「不用客氣。」奧茲回答。

然後，錫樵夫回到朋友身邊，大家都覺得他很幸運，也祝福他以後能夠快快樂樂。

這一次，換獅子走到覲見室前敲門。

「請進。」奧茲說。

「我來拿自己的勇氣。」獅子走進房間後表示。

「好的。」矮小男人回答，「我去拿來給你。」

他走到櫥櫃邊，伸手從架子高處拿下一個四方形的綠瓶子，然後把瓶子裡的東西倒在一個雕刻精美的金綠色盤子裡。他把盤子端到膽小獅面前，膽小獅聞了聞，似乎不太喜歡。但巫師說：

「喝掉。」

「這是什麼東西啊？」獅子問。

「這個嘛，」奧茲回答，「喝下去的話，它就會成為勇

氣。當然，你明白的，勇氣要在體內才能叫做勇氣。所以除非你喝掉它，不然實在不能把它稱為勇氣。因此，我建議你趕快喝掉。」

獅子不再猶豫，立刻把盤子裡的東西喝光。

「覺得怎麼樣？」奧茲問。

「勇氣滿滿。」獅子回答。他開心地回到朋友身邊，把自己的好運跟他們分享。

等到只剩奧茲獨自一人時，他想到自己成功給予了稻草人、錫樵夫跟獅子各自想要的東西，不禁露出了微笑。「這些人要我做大家都知道辦不到的事情，」他說，「除了當個騙子，我還能怎麼辦呢？要讓稻草人、獅子跟樵夫開心很簡單，因為他們以為我什麼都辦得到。但要送桃樂絲回堪薩斯，可就不能只靠想像力了，而我真不知道到底該怎麼做才好。」

17
熱氣球升空

　　足足有三天，奧茲完全沒有聯絡桃樂絲。小女孩這幾天都很難過，儘管她的朋友們都開心又滿足。稻草人跟大家說，他腦子裡有很多超棒的想法，但他不會說出來，因為除了他自己，沒有人會懂。走路的時候，錫樵夫會覺得自己的心在胸膛裡撲通撲通跳，他告訴桃樂絲說，他發現這顆心比他當人時的那顆心更仁慈也更溫柔。獅子表示自己什麼都不怕，就算面對一支軍隊或十二隻兇猛的卡力達，他也會勇敢迎戰。

　　這個小團體的每個人都很滿意，只有桃樂絲例外。她比之前更想趕快回堪薩斯了。

　　到了第四天，奧茲終於召見她了，她欣喜若狂。進入覲見室時，他愉快地跟她打招呼：

「親愛的，請坐，我想我找到了可以讓妳離開這個國家的方法。」

「那能回到堪薩斯嗎？」她焦急地問。

「這個嘛，我不確定。」奧茲說，「因為我完全不知道堪薩斯在哪個方位。但首先要穿越沙漠，之後再找回家的路就不難了。」

「我要怎麼穿越沙漠呢？」她問。

「好，我來跟妳說說我的想法。」矮小男人說。「妳看喔，我是乘著氣球來到這個國家的，妳也是被龍捲風從天上捲過來的。所以我認為穿越沙漠最好的辦法，就是從天空飛過去。雖然我沒有能力製造出龍捲風，但我想了很久，我應該可以製作出一個氣球。」

「要怎麼做呢？」桃樂絲問。

「通常氣球是用絲布做的，」奧茲說：「再塗上膠水，讓裡面的氣體不會跑出來。宮殿裡有很多絲布，要做氣球不成問題。但在這個國家裡，卻沒有能夠灌入氣球讓它飄起來的氣體。」

「如果氣球飛不起來，」桃樂絲說，「那就沒有用了。」

「沒錯。」奧茲回答。「但要讓氣球飄起來，還有另外一個辦法，就是在裡面裝滿熱空氣。熱空氣的效果沒那麼好，如果它冷卻了，氣球會掉進沙漠，我們就會迷路。」

「我們！」小女孩驚呼。「你也要跟我一起走嗎？」

「當然囉，」奧茲回答。「我不想繼續當個騙子了。只要離開宮殿，人們很快就會發現我不是巫師，然後因為我欺騙了他們而氣惱。我只得成天關在這些房間裡，無聊得慌。我寧願跟妳一起回堪薩斯，回到馬戲團工作。」

「你願意陪我一起走，真是太好了。」桃樂絲說。

「謝謝妳。」他回答。「現在，如果妳願意陪我一起縫合這些絲布，我們就可以開始製造氣球了。」

於是桃樂絲拿起了針線，奧茲將絲布裁成適當的條狀，桃樂絲就立刻把那些布料俐落地縫合。淡綠色的絲布連著深綠色絲布，深綠色則又連著翡翠綠，因為奧茲想要打造深淺色調不一的氣球。把所有布料縫起來花了三天時間，但完成以後，看起來卻像一個超過六公尺長的綠色絲布口袋。

接著，奧茲在口袋內部塗上一層薄薄膠水，避免空氣外漏，然後他就宣布氣球準備好了。

「但我們還得有個乘坐用的籃子。」說完，他就叫綠鬍子士兵找來一個大洗衣籃，再用很多繩子把洗衣籃綁在氣球底部。

一切準備就緒後，奧茲就向所有百姓宣布，說他打算去拜訪住在雲端的偉大巫師兄弟。消息很快傳遍整座城市，每個人都趕來觀看這個壯觀場面。

奧茲叫人把氣球扛到宮殿前面，每個人都非常好奇地盯著看。錫樵夫之前已經砍好一大堆木柴，此刻他在木柴上點火，奧茲把氣球底部放在火堆上，好讓升起的熱空氣可以灌進絲布氣球裡。氣球慢慢開始膨脹，上升到空中，最後只剩籃子還在地面。

奧茲爬進了籃子裡，並對所有百姓大聲說道：

「我現在即將出發。我不在的這段期間，將由稻草人來統治你們，我命令你們必須像服從我一樣的服從他。」

這時候，氣球正猛烈拉扯繫住地面的繩索，因為裡面的熱空氣比外面空氣輕，形成了一股拉扯氣球升空的強大力量。

「快來啊，桃樂絲！」巫師大喊。「快點，不然氣球就要飛走了！」

「我到處都找不到托托。」桃樂絲回答，她不想丟下自己的小狗。托托鑽進了人群裡，正對著一隻小貓汪汪叫，桃樂絲後來終於找到他。她抱起托托，往氣球的方向跑過去。

就只差幾步而已，奧茲伸出雙手想把她拉進籃子裡，但繩子啪地斷了，氣球沒有載到她，就升上了天空。

「回來啊！」她大叫。「我也想要走啊！」

「親愛的，我回不去了。」奧茲從籃子裡大喊。「再見了！」

「再見！」每個人都大喊，每雙眼睛都盯著人在籃子裡的巫

師，看著氣球一分一秒越升越高，飛到高空。

這是人們最後一次看見偉大的巫師奧茲，不過我們知道，也許他已經平安抵達奧馬哈，現在就住在那裡。但是人民都很懷念他，他們常會彼此聊說：

「奧茲永遠都是我們的朋友。他在這裡的時候，為我們建立了這座美麗的翡翠城，如今他走了，還留下聰明的稻草人來當我們的君王。」

儘管如此，他們仍然感嘆自己失去了偉大的巫師，而且那種失落感久久無法平撫。

18

前往南方

回去堪薩斯的希望再度破滅，桃樂絲忍不住嚎啕大哭，不過重新思考這整件事情之後，她很慶幸自己沒有搭上那個氣球。但失去了奧茲，她跟夥伴都感到難過。

錫樵夫來到桃樂絲的身邊說：

「那個人給了我一顆溫暖的心，我如果不為他的離開傷心，就真的太忘恩負義了。如今奧茲走了，我想哭一下，請妳好心地幫我擦乾眼淚，以免我又生鏽。」

「我很樂意。」桃樂絲立刻拿來一條毛巾。錫樵夫哭了好幾分鐘，她一看到淚水立刻用毛巾擦乾。哭完以後，錫樵夫衷心感謝桃樂絲，然後為了保險起見，他用寶石油罐幫自己全身上下都上了油。

現在，稻草人成了翡翠城的統治者。雖然他不是巫師，但人們都對他們的君王很自豪。「因為啊，」他們說，「世界上再也沒有其他城市，是由稻草人來統治的了。」的確，就他們所知，此話一點也不假。

奧茲乘坐的氣球消失後的隔天早上，四名旅人在觀見室裡碰面，討論後續的打算。稻草人坐在巨大王座裡，其他人則恭敬地站在他面前。

「其實我們也不是那麼不幸，」這位新統治者這麼說，「如今這座宮殿還有翡翠城都屬於我們，我們想做什麼就能做什麼。想起不久以前，我還掛在農夫玉米田裡的竿子上，現在卻成了這座美麗城市的統治者，我就感到非常滿足。」

「我也是。」錫樵夫說，「我很滿意自己新的心，而且說真的，我已經別無所求了。」

「對我來說，雖然不確定有沒有比其他野獸勇敢，但是知道自己的勇氣絕對不輸牠們，我就心滿意足了。」獅子謙虛地說。

「如果桃樂絲願意住在翡翠城，」稻草人繼續說，「或許我們就能快樂地在一起了。」

「可是我不想住在這邊！」桃樂絲大叫。「我想要回堪薩斯，想要跟愛姆嬸嬸還有亨利叔叔住在一起。」

「既然這樣，我們該怎麼辦呢？」錫樵夫問。

稻草人決定好好思考。他想得很用力，大頭針跟縫衣針都從腦袋裡刺出來了。最後他說：

　　「為什麼不召喚飛天猴，叫牠們帶妳飛越沙漠呢？」

　　「我從來都沒想到過耶！」桃樂絲歡欣地說，「就這麼做。我立刻去拿金帽來。」

　　把金帽帶進觀見室以後，她念了咒語，一大群飛天猴很快就從打開的窗戶飛進來，站在她的身旁。

　　「這是妳第二次召喚我們。」猴王對著小女孩行禮說，「妳有什麼吩咐？」

　　「我希望你們帶我飛回堪薩斯。」桃樂絲說。

　　可是猴王搖了搖頭。

　　「這我們辦不到。」他說。「我們只屬於這個國家，不能到外界去。過去從來沒有飛天猴去過堪薩斯，我想以後也不會有，因為牠們不屬於那裡。只要是我們做得到的，我們都很樂意為妳效勞，但是我們沒有辦法飛越沙漠。再見。」

　　又行了一次禮之後，猴王便張開翅膀從窗戶飛出去，其他猴子也跟著飛走。

　　桃樂絲非常失望，幾乎快哭出來了。「我白白浪費掉金帽的法力了，」她說，「飛天猴幫不了我的忙。」

　　「太遺憾了！」善良的樵夫說。

稻草人再次陷入思考，他的頭鼓脹得好大好大，桃樂絲很擔心它會炸開。

「我們來召見綠鬍子士兵，」他說，「問問他有什麼建議吧。」

士兵被叫進觀見室，他看起來很害怕，因為奧茲還在的時候，他從沒走進這扇門過。

「這個小女孩，」稻草人對著士兵說，「想要穿越沙漠。她該怎麼做呢？」

「我不知道。」士兵回答，「除了奧茲，沒有人穿越過沙漠。」

「有人可以幫我嗎？」桃樂絲誠心誠意地問。

「格琳達或許有辦法。」他提議。

「誰是格琳達啊？」稻草人問。

「她是南方巫婆。在所有巫婆中法力最強大，同時也是奎德林人的統治者。而且，她的城堡就位在沙漠邊緣，所以她或許知道穿越沙漠的方法。」

「格琳達是個好巫婆，對不對？」女孩問。

「奎德林人是這麼認為的。」士兵說，「她對每個人都很和善。聽說格琳達長得很漂亮，雖然她活了很久，但她知道如何青春永駐。」

「她的城堡要怎麼去呢？」桃樂絲問。

「往南方直走就可以了。」他回答，「不過聽說路上充滿危險。沿途的樹林裡有野獸，還有一個奇怪的種族，不喜歡陌生人穿過他們的領土，所以奎德林人從沒來過翡翠城。」

士兵說完就離開了，接著稻草人說：

「雖然路途很危險，但對桃樂絲來說，最好的辦法還是去到南方，尋求格琳達的協助。因為，如果桃樂絲留在這裡，她永遠也回不了堪薩斯。」

「你剛剛一定又思考了一回。」錫樵夫說。

「沒錯。」稻草人說。

「我會跟桃樂絲一起去。」獅子表示，「我已經厭倦了翡翠城，渴望再回到樹林跟原野。你們知道的，我終究是一隻野獸。此外，桃樂絲也需要人保護。」

「的確如此。」錫樵夫也贊同。「說不定我的斧頭也派得上用場，所以我也要跟她一起去南方。」

「我們什麼時候走？」稻草人問。

「你也要一起來嗎？」他們訝異地問。

「當然啦。要不是有桃樂絲，我永遠不會有腦子。她把我從玉米田的竹竿上救下來，帶我來到翡翠城。我的一切好運都是拜她所賜。除非她能真正回到堪薩斯，否則我永遠都不會拋下

她。」

「謝謝你們。」桃樂絲感激地說。「你們對我太好了。但我想要盡早出發。」

「我們明天早上就走吧。」稻草人回答。「所以現在要好好準備，因為這趟旅途會很漫長。」

19
戰鬥樹的襲擊

　　隔天早上，桃樂絲跟漂亮的綠色少女親吻道別。他們全都跟綠鬍子士兵握了手，他則陪他們走到大門處。守門人再次看見他們時，心想如果離開這座美麗城市，他們很有可能會再遇到新麻煩。但他仍然立刻幫他們解開眼鏡的鎖，把眼鏡放回綠箱子裡，並給予他們許多誠摯祝福。

　　「你現在是我們的統治者了，」他對稻草人說，「請務必盡快回到我們身邊。」

　　「如果可以的話，我一定會盡早回來。」稻草人回答，「可是在那之前，我得先幫助桃樂絲回家。」

　　最後，桃樂絲向善良的守門人道別，並說：

　　「我在你們這座美妙的城市受到殷勤對待，每個人都對我很

好。我真不知道該如何表達自己的謝意。」

「沒關係，親愛的。」守門人回答，「我們也希望妳能夠留下來，但既然妳想要回堪薩斯，那麼希望妳能找到回去的方法。」然後他就打開外牆的城門。他們穿過那扇門，展開了新旅程。

陽光明媚，我們這群朋友往南方前進。他們興高采烈，邊走邊談笑。桃樂絲再次對回家一事滿懷希望，稻草人跟錫樵夫都很高興自己幫得上忙。獅子開心地嗅著新鮮空氣，再次踏入鄉野讓他開心得尾巴左右搖晃。托托在他們旁邊跑來跑去追飛蛾跟蝴蝶，高興得吠叫不停。

「城市生活完全不適合我，」大家都踏著輕快步伐前進時，獅子說。「自從住在翡翠城，我整整瘦了一圈，現在，我急著想找機會讓別的野獸看看我變得多麼勇敢。」

他們轉頭再看翡翠城最後一眼。如今只看得見綠色城牆後面的許多高樓及尖塔，而其中最高聳的，就是奧茲宮殿的尖塔跟圓頂。

「到頭來，奧茲這個巫師的法力還是挺高強的。」感覺心臟在胸口撲通撲通跳的錫樵夫說。

「他甚至知道怎樣給我腦子，而且是很棒的腦子。」稻草人說。

「要是奧茲也喝下一些他給我的勇氣，」獅子補充說，「他就會變得很勇敢。」

桃樂絲什麼也沒說。奧茲沒有履行對她的承諾，但他盡力了，所以她原諒他。如他自己所說，他雖然是個糟糕的巫師，心地卻很善良。

第一天的旅程，他們穿越了環繞著翡翠城、開滿鮮豔花朵的綠野。那天晚上他們睡在草地上，頭上只有星光籠罩，但是他們睡得很好。

隔天早上他們繼續前行，來到一片濃密的樹林。舉目望去，無論往左往右，似乎都看不到盡頭，沒有別的路可以繞過去。而且他們怕迷路，不敢改變前進的方向。所以他們開始找尋進入森林的捷徑。

帶頭的稻草人終於找到一棵枝繁葉茂的大樹，枝枒之間的空隙大到足以讓他們穿過去。於是他往那棵樹走去，正要穿過最前面幾根枝枒時，那些枝枒忽然低垂下來纏住他，一下子就把他從地面上抬起來，直直往他的同伴丟過去。

稻草人沒有受傷，但嚇了一跳。桃樂絲把他扶起來時，他似乎還頭暈目眩。

「這邊樹下有另一個空隙。」獅子呼喊。

「先讓我試試看。」稻草人說，「反正我被丟來丟去也不

會受傷。」他邊說話邊朝另一棵樹走過去，但那些枝枒立刻抓住他，把他往回丟。

「真奇怪！」桃樂絲驚呼，「我們該怎麼辦？」

「這些樹似乎決心要跟我們對抗，阻撓我們繼續前進。」獅子說。

「我來試試看。」錫樵夫扛起斧頭說。他邁開大步，朝著粗暴攻擊稻草人的第一棵樹走去。第一根枝枒垂下來要抓他時，樵夫猛力一劈把它劈成兩半。那棵樹上的所有枝枒立刻開始搖晃，似乎很痛，錫樵夫安然無恙地通過。

「過來吧！」他對其他人大喊，「動作快！」他們都往前跑，毫髮無傷地從那棵樹底下跑過去，只有托托被一小根枝枒抓著搖來搖去，發出哀嚎聲。但樵夫馬上砍斷那根枝枒，讓小狗得以脫身。

森林裡的其他樹沒有阻擋他們，而且只有第一排樹能把枝枒垂掛下來，所以他們認為，這些樹八成是這座森林的警衛，具有將陌生人阻擋在外的特殊能力。

四名旅人輕鬆穿越了森林，來到森林另一端的邊緣處。他們訝異地發現，眼前有一堵高牆，而且這道牆似乎是用白色陶瓷做的。牆面就跟盤子表面一樣光滑，而且高過他們頭頂。

「我們現在該怎麼辦呢？」桃樂絲問。

「我來做個梯子，」錫樵夫說，「因為我們一定得爬牆過去了。」

20
精巧的陶瓷國

　　錫樵夫在森林裡找木頭做梯子的時候，桃樂絲躺下來睡著了，長途跋涉讓她筋疲力竭。獅子也蜷成一團在睡覺，托托則躺在他旁邊。

　　稻草人看著樵夫工作，對他說：

　　「我想不透為什麼這裡會有一堵牆，也不知道它是用什麼做成的。」

　　「讓你的腦子休息一下吧，別再想牆的事情了。」樵夫回答，「爬過去就知道另一邊有什麼了。」

　　一會兒過後，梯子完成了。雖然有些粗陋，但錫樵夫保證很堅固實用。稻草人把桃樂絲、獅子跟托托叫醒，告訴他們梯子做好了。稻草人率先爬上梯子，但他笨手笨腳的，桃樂絲得在後

頭緊跟著，免得他摔下來。頭一伸過牆，稻草人就說：「噢，天啊！」

「繼續爬啊！」桃樂絲大叫。

於是稻草人繼續往上爬，然後在牆的頂端坐下。桃樂絲把頭往上探，也同樣大叫：「噢，天啊！」。

接著是托托，他也立刻吠叫，但桃樂絲讓他安靜下來。

下一個爬上梯子的是獅子，最後是錫樵夫。但頭一探過圍牆，他們全都大喊：「噢，天啊！」等他們全都在牆頭上坐成一排，就一齊往下看著眼前奇妙的景象。

眼前這個國家的地面潔白光滑，就像一個超大盤子的底部。到處能看到一棟棟漆上鮮豔色彩的陶瓷房子。這些房子都很小，最大的只到桃樂絲的腰。還有許多用陶瓷籬笆圍起來的漂亮小穀倉，裡面有成群的乳牛、羊、馬、豬跟雞。全部都是陶瓷做的。

但在這個奇特國家中，最古怪的莫過於住在這裡的人了。有擠奶女工跟牧羊女，她們穿著顏色鮮豔的緊身上衣，長袍上布滿金色圓點；公主們身穿華麗的銀色、金色或紫色連身裙；牧羊人穿著及膝馬褲，上面有粉紅色、黃色或藍色的條紋，鞋子上有金色飾釦；王子頭上戴著寶石王冠，身穿貂皮長袍和綢緞緊身上衣；滑稽的小丑則穿著有皺領的長袍，臉頰上有紅色圓點，頭上戴著尖帽。而最最奇怪的是，這些人都是用陶瓷做的，連衣服也

不例外，而且個頭都很小，最高的只到桃樂絲的膝蓋。

　　一開始，沒有人注意到這些旅人，只有一隻頭大大的紫色陶瓷小狗跑到牆邊，小小聲地朝他們吠叫，然後就跑走了。

　　「我們要怎麼下去呢？」桃樂絲問。

　　梯子很重，他們拉不上去，於是稻草人先跳下去，其他人則跳到他身上，才不會被堅硬的地面傷到腳。當然他們都盡量避開稻草人的頭，免得被大頭針刺傷。所有人都順利跳下去以後，就把被壓扁的稻草人扶起來拍了拍，讓他恢復原狀。

　　「為了要到另一頭，我們必須穿越這個奇怪的地方。」桃樂絲說，「往南走才是明智之舉。」

　　他們開始通過這個陶瓷國家。一開始遇到在幫陶瓷乳牛擠奶的陶瓷擠奶女工。他們逐漸走近時，陶瓷乳牛忽然後腳一踢，踢翻了凳子、水桶跟擠奶女工。被踢倒的東西全都倒在陶瓷地面上，發出巨大聲響。

　　桃樂絲驚訝地看見乳牛的腳斷了，水桶碎裂成好幾小塊，可憐的擠奶女工左手肘出現裂痕。

　　「哎呀！」擠奶女工氣憤地大叫，「看看你們做了什麼好事！我的牛斷了一條腿，得帶到修理店去把腳黏回去。你們幹嘛要靠過來嚇我的牛啊？」

　　「真的很對不起，」桃樂絲回應她。「請妳原諒我們。」

可是漂亮的擠奶女工氣得一語不發。她生著悶氣撿起那條腿，把乳牛帶走，那隻可憐的動物用剩下的三條腿一跛一跛前進。離開的時候，擠奶女工一次次回頭，用譴責的眼神看著這群笨手笨腳的陌生人，同時把有裂痕的手肘緊緊夾住。

桃樂絲對這場意外覺得很難過。

「我們在這裡一定要很小心，」和善的樵夫說，「不然這些漂亮的小人兒就會受傷，而且永遠沒辦法復原。」

又往前走了一小段路，桃樂絲碰見一位身穿華美服飾的年輕公主。看見這群陌生人時，她先是停下腳步，隨後拔腿就逃。

桃樂絲想要多看看公主，就追在她的後面。可是那個陶瓷女孩大叫：

「不要追我！不要追我！」

她的聲音微弱又恐懼，於是桃樂絲停了下來問：「為什麼？」

「因為，」那個公主也停了下來，跟桃樂絲保持安全距離。「我如果跑起來，就有可能跌倒把自己摔碎。」

「但妳不能修補嗎？」桃樂絲問。

「喔，可以啊，可是妳也知道，修補過就沒那麼好看了。」公主回答。

「我想也是。」桃樂絲說。

「我們這裡有個小丑，叫做丑角先生。」陶瓷公主繼續說，「他總是想用頭來倒立。所以經常摔傷，修補過上百個地方，看起來一點也不漂亮。他現在朝我們走過來了，妳自己看看吧。」

果然有個興高采烈的小丑朝他們走過來，他身上雖然穿了件有紅有黃有綠的漂亮衣服，但桃樂絲看得出他滿身裂痕，身上有許多修補的明顯痕跡。

小丑把手放在口袋裡，鼓起臉頰，對著他們傲慢地點點頭說：

美麗的公主啊，
為什麼要盯著

可憐的老丑角看呢？

妳古板又拘謹，

就像吞過

一根撥火棍一樣！

「先生，請安靜！」公主說，「你沒看見這裡有陌生人嗎？你懂不懂得尊重別人啊？」

「有啊，這就是我的尊重方式。」小丑說完，立刻用頭倒立。

「不要理丑角先生。」公主對桃樂絲說，「他腦袋上到處是裂痕，所以腦筋也糊塗了。」

「噢，我一點也不在意。」桃樂絲說，「但妳真的好漂亮，我保證一定會好好珍惜妳。所以我可以把妳帶回堪薩斯，擺在愛姆嬸嬸的壁爐上嗎？我可以把妳裝在籃子裡。」

「那我會非常不快樂。」陶瓷公主說，「妳看，我們在自己的國家過得心滿意足，可以自由自在地活動、談天。但一被帶走，我們全身關節就會變僵硬，只能直挺挺站著讓人觀賞。人們把我們擺在壁爐上、櫥櫃裡、客廳桌上，圖的當然就是我們的美麗，可是我們在自己國家生活快樂多了。」

「我絕對不希望妳變得不快樂！」桃樂絲高聲說，「所以我

只能跟妳說再見了。」

「再見。」公主回答。

他們小心翼翼地穿過陶瓷國。不管走到哪，小動物跟人們都會落荒而逃，害怕這些陌生人會打碎他們。大約一小時過後，這些旅人來到了這個國度的另一邊，遇上了另一堵陶瓷牆。

不過，這堵牆沒有先前那一堵高。站到獅子身上後，他們都攀到了牆頂上。接著獅子四腳一使勁，跳上了牆，但就在跳的時候，他的尾巴掃翻了一間陶瓷教堂，把它弄碎了。

「太糟糕了，」桃樂絲說，「但說真的，我很慶幸我們只弄斷了一隻牛的腳、弄壞了一間教堂。這裡的東西太脆弱了！」

「沒錯，」稻草人說，「幸好我是稻草做的，不會輕易受傷。沒想到世界上居然有比當個稻草人還要糟糕的事。」

21

獅子成為萬獸之王

　　從陶瓷牆上爬下來以後，旅人們發現自己置身一處令人不舒服的地方：到處都是溼地跟沼澤，還長著又高又密的雜草讓人看不到路，很容易就會踩進泥坑裡。不過他們小心翼翼前進，最後平安踏上堅硬的地面。但這裡的田野比剛剛更雜木叢生。他們花了很長的時間，筋疲力竭地穿過樹下大量的灌木叢，進入另一座森林，這裡的樹木比他們過去所見都要來得古老高大。

　　「好棒的一座森林啊，」獅子開心地環顧四周表示。「我從沒見過這麼漂亮的地方。」

　　「這裡好陰暗喔。」稻草人說。

　　「才不會咧。」獅子回答，「真想一輩子都住在這裡。看看你們腳下的枯葉多麼柔軟啊，攀爬在老樹上的苔蘚多麼茂密青翠

啊。這裡是所有野獸夢寐以求的地方。」

「說不定現在森林裡就有野獸呢。」桃樂絲說。

「我想應該有。」獅子回答,「但附近一隻也沒看見。」

他們穿過森林,一直走到天色太暗才停下腳步。桃樂絲、托托跟獅子躺平睡覺,樵夫跟稻草人則跟往常一樣守護他們。

天亮以後,他們再次啟程。走沒多久,就聽見低沉的轟隆隆聲,彷彿有許多野獸在咆哮。托托發出微微嗚咽聲,但其他人都不害怕,繼續沿著踩踏堅實的小道前進,隨後來到森林一處空地,看到那裡聚集了好幾百隻各類野獸。有老虎、大象、熊、狼、狐狸,還有自然界各種動物。桃樂絲當時很害怕,但獅子解釋說,這些動物是在開會,而從牠們的咆哮聲和吼叫聲來判斷,應該是遇上大麻煩了。

就在他說話的時候,有幾隻野獸看見了他,原本沸沸揚揚的集會忽然變得鴉雀無聲,彷彿被施了魔法。體型最大的老虎走到獅子身旁,對著他行禮說:

「萬獸之王啊!歡迎來到這裡。你來得正巧,剛好可以幫我們擊敗敵人,讓森林裡所有動物再次回歸平和的生活。」

「你們遇上什麼問題了?」獅子沉靜地問。

「森林裡最近來了一個可怕的敵人,」老虎回答,「讓我們寢食難安。那隻巨大怪獸長得像大蜘蛛,身體跟大象一樣大,腳

跟樹幹一樣長。牠有八隻長長的腳。在森林裡爬行的時候，會用腳抓住動物扔進嘴裡，就像蜘蛛吃蒼蠅的動作一樣。只要這個可怕的生物活著，我們每天生命都受到威脅。我們剛剛才在開會討論該怎麼做，你就來了。」

獅子思考了一下。

「這座森林沒有其他獅子嗎？」他問。

「沒有，本來有幾隻，但全被那隻怪獸吃掉了。而且，那些獅子都沒有你這麼強壯勇敢。」

「如果我消滅了你們的敵人，你們會向我臣服，尊我為森林之王服從我嗎？」獅子問。

「我們非常樂意。」老虎回答，其他野獸也同聲大喊：「我們願意！」

「那隻大蜘蛛現在在哪裡？」獅子問。

「在那邊的橡樹林裡。」老虎用前腿指著某方向。

「好好幫我照顧這些朋友。」獅子說，「我立刻過去跟這隻怪獸決戰。」

向夥伴們道別後，獅子便雄赳赳地邁開大步，找敵人戰鬥去了。

獅子找到大蜘蛛時，牠正在睡覺，大蜘蛛實在長得很醜，連獅子都厭惡到瞧不起牠。牠的腳就跟老虎說的一樣長，身上還覆

蓋著粗黑毛髮。大嘴裡有一排三十公分長的利齒，但連結頭部跟圓胖身體的脖子，卻跟黃蜂的腰一樣纖細。於是獅子想到了攻擊的好方法，加上知道趁牠睡覺時攻擊會比醒著時容易，因此他猛一跳，直接落在怪獸背上。用長著利爪的巨掌一揮，就把蜘蛛的頭從身體打落。然後獅子跳了下來，看著怪獸的長腳停止扭動，才確定牠已經死了。

獅子回到原本的空地，森林裡的野獸都在那裡等他，獅子驕傲地宣布：

「你們再也不用害怕敵人了。」

所有野獸都朝著獅子跪下，奉他為王。他承諾等桃樂絲安全踏上回堪薩斯的路途後，就會回來統治牠們。

22

奎德林國

　　四名旅人平安通過森林其他地方。從幽暗中走出來以後，眼前出現了一座陡峭山丘，從山頂到底部都覆蓋著巨大岩石。

　　「要爬上去不容易。」稻草人說，「但不管如何，我們都得越過這座山丘。」

　　於是他帶頭，其他人跟著。靠近第一顆岩石的時候，他們聽見有人用粗啞的嗓子大喊：「站住！」

　　「你是誰？」稻草人問。

　　忽然一顆頭從岩石後面冒了出來，用同樣的聲音說：「這座山丘是我們的地盤，任何人都不准通過。」

　　「可是我們一定得通過。」稻草人說，「我們要前往奎德林國。」

「不行！」那聲音回答完，岩石後面就出現一個他們前所未見，最最奇怪的人。

　　他短小粗壯，有一顆頭頂扁平的大頭，支撐頭部的脖子很粗，滿是皺紋。但他沒有手臂，稻草人一看，覺得對方根本阻止不了他們爬過山丘。於是他說：「很抱歉，我們沒辦法照你說的去做。無論如何我們都得越過這座山丘。」說完他就大膽前進。

　　這時，那個人的頭突然以迅雷不及掩耳的速度往前射，脖子伸得好長好長，平坦的頭準確擊中稻草人的身體，害他不停往山丘下面滾。接著那顆頭就以跟射出時幾乎同樣的快速縮回身體上，還發出刺耳的大笑聲說：「沒你想的那麼簡單！」

　　其他岩石後面也傳來陣陣狂笑，桃樂絲看見山坡上出現好幾百個沒有手臂的槌頭人，每塊岩石後面都有一個。

　　看到稻草人受嘲弄，獅子很生氣，便發出回響不止的如雷大吼，往山丘上面衝。

　　又一顆頭快速射出，大獅子就像被大砲擊中，也滾下了山丘。

　　桃樂絲往下跑，把稻草人扶起來，獅子渾身痠痛走到她身邊說：「跟這些能把頭射出來的人戰鬥是白費力氣，誰也贏不了他們。」

　　「那我們該怎麼辦呢？」她問。

「召喚飛天猴吧。」錫樵夫建議，「妳還有召喚牠們一次的權利。」

「好。」她回答，然後就戴上金帽念出咒語。猴群跟往常一樣迅速現身，不久後全體都站在她的面前。

「妳有什麼吩咐？」猴王深深一鞠躬問。

「帶我們飛過山丘到奎德林國。」小女孩回答。

「遵命。」猴王說。飛天猴立刻用手臂將四名旅人跟托托帶上天，跟著牠們一起飛行。從山丘上方飛過時，槌頭人全都憤怒地大叫，把頭顱往天空射，但卻打不到飛天猴。猴群安全運送桃樂絲和她的夥伴飛越那座山丘，然後在美麗的奎德林國把他們放了下來。

「這是妳最後一次召喚我們。」猴王對桃樂絲說，「再見了，祝妳順利。」

「再見，非常謝謝你們。」小女孩回答。飛天猴群飛向天空，轉眼就不見蹤影。

奎德林國似乎富足又快樂。有一畦畦成熟的穀物，田間鋪設著平整道路，流水起伏的美麗溪流上築有堅固橋梁。就跟溫基人的黃色國家以及曼奇金人的藍色國家一樣，這裡的圍籬、房屋跟橋梁都漆成了亮紅色。奎德林人身材矮胖，看起來圓滾滾又和藹可親。他們都穿著紅色衣服，在綠色草地及黃色穀物的映照下，

顯得非常鮮明。

　　飛天猴在一間農舍旁邊放下他們，四名旅人朝農舍走去，敲了敲門。農夫太太開了門，桃樂絲問她能不能給點東西吃，女人便招待了他們一頓豐盛晚餐，還端出三種蛋糕和四種餅乾，也給了托托一碗牛奶。

　　「請問這邊離格琳達的城堡多遠呢？」小女孩問。

　　「不遠了。」農夫太太回答，「只要往南走，很快就會抵達。」

　　向好心農婦道謝後，他們精神飽滿地出發，穿過田野，越過漂亮的橋梁，終於看見一座非常美麗的城堡。城門前站著三個年輕女孩，身穿帥氣的紅色制服，上面飾有金色繸帶。桃樂絲靠近時，其中一人對她說：

　　「你們來到南方之國有什麼事嗎？」

　　「我們來見統治這裡的好巫婆。」桃樂絲回答，「可以帶我去見她嗎？」

　　「報上你們的名字，我會去問格琳達是否願意見你們。」他們各自報上自己的名字後，少女士兵便走進了城堡。過了一會兒她走回來說，巫婆願意立刻接見桃樂絲跟她的夥伴們。

23

好巫婆實現
桃樂絲的願望

　　不過去見格琳達之前，他們先被帶到了城堡某個房間，桃樂絲在那裡洗了臉，梳了頭髮；獅子抖掉鬃毛上的塵土；稻草人拍了拍身體，讓自己英姿煥發；樵夫幫錫皮打蠟，替關節上油。

　　梳洗妥當後，他們跟著少女士兵走進一個大房間，巫婆格琳達就坐在紅寶石王座上。

　　他們覺得她年輕又漂亮，鮮紅色鬈髮滑順地垂在肩上。她身穿一襲白洋裝，有一雙藍眼睛，眼神和善地看著小女孩。

　　「孩子，有什麼需要我幫忙的嗎？」她問。

　　桃樂絲把自己的遭遇都跟巫婆說了：龍捲風如何把她帶到奧

茲國，她如何找到自己的夥伴，以及他們一段段的神奇冒險。

「我最大的願望，」她繼續說，「就是回到堪薩斯。因為愛姆嬸嬸一定會認為我遭逢了可怕的不幸，幫我準備喪事。而除非今年農作物的收成比去年好，否則我確定亨利叔叔負擔不起那些費用。」

格琳達彎下腰，在可愛小女孩那張仰望的甜美臉龐上親了一下。

「妳真是個好孩子。」她說，「我一定會告訴妳怎麼回堪薩斯。」然後她又說：「可是，妳得把那頂金帽送給我才行。」

「我很樂意！」桃樂絲大喊，「老實說，這頂帽子對我已經沒有用了。有它的話，妳可以命令飛天猴三次。」

「我想，我正好也只需要牠們幫我三次。」格琳達微笑地回答。

於是桃樂絲把金帽給了她。接著巫婆對稻草人說：「桃樂絲離開以後，你有什麼打算？」

「我會回翡翠城。」他回答。「奧茲讓我當了那邊的統治者，人民都很喜歡我。我唯一擔心的，就是不知道怎麼越過槌頭人盤據的山丘。」

「藉由金帽的力量，我會命令飛天猴帶你回到翡翠城的城門口。」格琳達說，「要是翡翠城失去了這麼優秀的統治者，就真

的太可惜了。」

「我真的有這麼棒嗎？」稻草人問。

「你很特別。」格琳達說。

轉身面向錫樵夫以後，她問：「桃樂絲離開這個國家以後，你有什麼打算？」

樵夫倚在斧頭上想了一下說：「溫基人對我很友善，如今壞巫婆死了，他們希望我能成為那邊的統治者。我很喜歡溫基人，如果能再回到西方之國，我非常樂意永遠統治他們。」

「我對飛天猴下的第二個命令，」格琳達說，「就是帶你平安回到溫基人的國家。你的腦袋看起來或許沒有稻草人的那麼大，但好好上油擦亮以後，你其實比他更聰明。我相信你會是溫基人賢明的優秀君王。」

然後，巫婆看著鬃毛蓬鬆的大獅子問：「桃樂絲回家以後，你有什麼打算？」

「槌頭人盤據的山丘後面，」他回答，「有一片古老的大森林，所有住在那邊的野獸都奉我為王。要是可以回到那座森林，我就能在那裡度過非常快樂的一生。」

「我對飛天猴下的第三個命令，」格琳達說，「就是帶你回到那片森林。而在用完金帽的法力以後，我會把帽子還給猴王，這樣他跟他的部下就能獲得永遠的自由了。」

稻草人、錫樵夫跟獅子都真心誠意地感謝好巫婆的仁慈，桃樂絲大聲說：

「妳真的既善良又漂亮！但是妳還沒有告訴我，要怎麼回堪薩斯。」

「銀鞋能帶妳穿過沙漠。」格琳達回答，「要是妳之前就知道它的法力，那麼早在來到這個國家的第一天，妳就能夠回到愛姆嬸嬸身旁了。」

「但我就得不到這麼優秀的腦子了！」稻草人大叫，「我可能這輩子都要在農夫的玉米田裡度過。」

「而我就得不到這顆美麗的心了。」錫樵夫說，「我可能會站在森林裡生鏽，直到世界末日。」

「我會永遠都是個膽小鬼。」獅子表示，「森林裡的所有動物對我都不會有任何好話。」

「那倒是真的，」桃樂絲說，「能夠幫上這些好朋友的忙，我真的很開心。可是現在，他們每個人都擁有了自己最渴望的東西，也都很高興各自有國家可以治理，所以我想，我也該回堪薩斯去了。」

「那雙銀鞋，」好巫婆說，「具有神奇的法力。其中最不可思議的，就是它可以在三步以內，把妳帶到世界上任何地方，每一步只要一眨眼的時間。無論想去哪裡，只要把兩隻鞋的後跟互

敲三下，命令鞋子帶妳去就可以了。」

「既然如此，」女孩開心地說，「我要它們立刻帶我回堪薩斯。」

她張開雙臂環住獅子的脖子，吻了他一下，輕柔地拍拍他的大頭。然後她親了親錫樵夫，他淚流滿面，關節都快要生鏽了。但她沒有親稻草人那張畫上去的臉，而是抱了抱他填滿稻草的柔軟身軀。因為即將和這些親愛的夥伴們離別，桃樂絲自己也傷心落淚。

好巫婆格琳達從紅寶石王座上走下來，親了親小女孩跟她道別，桃樂絲則感謝她為自己和朋友所做的善舉。

桃樂絲緊緊抱住托托，最後一次跟眾人道別後，就用兩腳鞋跟互敲了三下說：

「帶我回家，回到愛姆嬸嬸身旁！」

＊　　＊　　＊　　＊　　＊

她立刻旋轉升空，速度快到她只能看見，或者說感受到風聲在耳邊呼嘯而過。

銀鞋只走了三步，就忽然停了下來，桃樂絲沒預期地在草地上滾了好幾圈，不知道自己身在何處。

過了很久以後，她終於坐起身，看了看四周。

「我的天啊！」她大叫。

原來她正坐在堪薩斯的大草原上，眼前的農舍是龍捲風把舊

農舍捲走以後，亨利叔叔新蓋的。亨利叔叔正在穀倉旁幫乳牛擠奶，托托從她懷裡跳出去，興奮地跑向穀倉，汪汪叫個不停。

桃樂絲站了起來，發現自己只穿著襪子。升空飛翔的時候，銀鞋脫落掉在沙漠裡，再也找不到了。

24
重返家園

　　愛姆嬸嬸正從家裡走出來，要去幫高麗菜澆水。這時她抬起頭，看見桃樂絲朝自己跑過來。

　　「我的寶貝孩子啊！」她大叫，把小女孩擁入懷裡，不停親吻桃樂絲的臉頰。「妳究竟跑到哪裡去了啊？」

　　「奧茲國啊。」桃樂絲正經八百地說，「托托也回來了。噢，愛姆嬸嬸！真高興我終於回到家了！」

愛經典008

綠野仙蹤
The Wonderful Wizard of Oz

作者	L. 法蘭克・包姆 Lyman Frank Baum
繪者	茱莉亞・薩爾達 Júlia Sardà
譯者	朱浩一

出版者	愛米粒出版有限公司
地址	台北市10445中山北路二段26巷2號2樓
編輯部專線	（02）25622159
傳真	（02）25818761

【如果您對本書或本出版公司有任何意見，歡迎來電】

總編輯	莊靜君
初版	二〇一七年（民106）六月十日
二版一刷	二〇一九年（民108）四月十日
定價	249元
總經銷	知己圖書股份有限公司　郵政劃撥：15060393
	（台北公司）台北市106辛亥路一段30號9樓
	電話：（02）23672044／23672047　傳真：（02）23635741
	（台中公司）台中市407工業30路1號
	電話：（04）23595819　傳真：（04）23595493
法律顧問	陳思成
國際書碼	978-986-96783-5-3　CIP：874.59/107015812

愛米粒出版有限公司
Emily Publishing Company, Ltd.

因為閱讀，我們放膽作夢，恣意飛翔──在看書成了非必要奢侈品，文學小說式微的年代，
愛米粒堅持出版好看的故事，讓世界多一點想像力，多一點希望。

愛米粒 FB　填寫線上回函
　　　　　送小禮物